나를 추리소설가로 만든
셜록 홈즈

나를 추리소설가로 만든
셜록 홈즈

초판 1쇄 인쇄 | 2020년 6월 30일
초판 1쇄 발행 | 2020년 7월 07일

지은이 | 조영주
펴낸이 | 박영욱
펴낸곳 | 깊은나무

편 집 | 이상모
마케팅 | 최석진
디자인 | 서정희 · 민영선

주 소 | 서울시 마포구 월드컵로 14길 62
이메일 | bookocean@naver.com
네이버포스트 | post.naver.com/bookocean
페이스북 | facebook.com/bookocean.book
인스타그램 | instagram.com/bookocean777
전 화 | 편집문의: 02-325-9172 영업문의: 02-322-6709
팩 스 | 02-3143-3964

출판신고번호 | 제2013-000006호

ISBN 978-89-98822-68-2 (03810)

이 도서의 국립중앙도서관 출판예정도서목록(CIP)은 서지정보유통지원시스템
홈페이지(http://seoji.nl.go.kr)와 국가자료공동목록시스템
(http://www.nl.go.kr/kolisnet)에서 이용하실 수 있습니다.
(CIP제어번호: CIP2020023301)

나를 추리소설가로 만든 셜록 홈즈

셜록 홈즈는 내게 무엇을 알려주었고
지금의 나를 만들게 했을까

조영주 에세이

깊은나무

여는 글

나는 《데미안》을 통해 처음으로 내가 살아가는 이야기 역시 소설이라 불릴 수 있다는 사실을 깨달았다. 그리고 셜록 홈즈는 그런 세상의 이야기를 아주 조금 더 꾸며낸, 너무나 재밌는 이야기인 동시에 실존할지도 모르는 인물이란 사실을 알려주었다.

초등학교 5학년, 《데미안》을 만나기 전까지 내게 소설이란 존재하지 않을 법한 세계를 살아가는 이야기였다. 그 세계에는 어둠이 가득했고, 악마와 괴물이 존재하는 한편 난쟁이와 엘프가 함께 살기도 했다. 물론 천사도 있었다. 천사는 용사와 공주를 이끌며 그들에게 옳은 길을 알려주었다. 이런 내가 최초로 읽은 소설 《데미안》은 소설 속 한 구절처럼 세계가 깨지고, 새로운 세계가 열리는 것만 같은 충격을 내게 선사했다.

그렇다면 셜록 홈즈는 내게 어떤 의미의 소설이었을까. 헤르만 헤세가 내게 소설이 무엇인지 알려줬다면, 셜록 홈즈는 내게 무엇을 알려주었고 지금의 나를 만들게 했을까.

한마디로 설명하자면 그것은 추리소설, 그 자체였다.

조영주

CONTENTS

여는 글 · 4

소설이 뭐길래 그렇게까지 써야 했을까 · 8

추리소설을 쓰는 데에서 가장 중요한 게 뭘까 · 20

내 시발점은 〈셜록〉 팬픽 소설이었다 · 30

너무 졸려서 그만 실수로 · 44

카페 홈즈에 가면, 늘 좋은 일이 생긴다 · 57

- 낙서해서 죄송합니다 · 58
- 좀 더 일찍 아는 척해도 좋았을 것을 · 61

소설의 영감을 주는 카페 홈즈 • 68

소설: 투명 인간의 크리스마스 • 73

소설의 리얼리티란 무엇인가 • 84

소설: 우비 남자 • 92

내가 정말 이걸 써도 될까? • 129

보이지 않는 것으로 보여주기 • 137

셜록 홈즈 죽이기 • 146

닫는 말 • 155

소설이 뭐길래
그렇게까지 써야 했을까

2016년, 본격 추리소설로 세계문학상을 탄 후 매일 밤 악몽을 꿨다. "추리소설가에게 문학상을 주다니, 이건 실수였소!" 하고 상을 몰수당하는 꿈, "역시 이 사람은 작가로서의 재질이 부족해!"라며 힐난을 당하고, 결국 창피만 당하다 끝나는 꿈.

2002년, 대학을 졸업한 이듬해 한 편의 드라마를 특집극으로 선보이며 작가로 데뷔했다. 이후 꽤 많은 러브콜을 받았다. 보통 제안을 적당히 받아들이며 차근차근 극작가의 길을 걸었겠지만 나는 달랐다. 사람들이 나를 작가라고 부르다니, 그건 참으로 감격적인 일이었다. 하지만 그 상황이 끝나고 새로운 일이 들어오기 시작하자 겁이 났다. 내가 정말 제대로 된 시나리오를 쓸 수 있을지 자기 자신의 능력에 대한 의구심만 깊어졌다.

여간해서는 낫지 않는 자신감 부족. 그건 지금도 마찬가지다. 지금 이 글을 쓰기 직전까지도 나는 컴퓨터 앞에 앉아 두려워하고 있었다. 결국 나는 이 글을 쓰지 못할 거라고, 이렇게 오늘 하루도 공치고 말 거라 여겼다.

생각해 보면 어렸을 때부터 그랬다. 나는 늘 주눅 들어 있었다. 늘 스스로를 믿지 못해 자주 자문자답을 반복했다.

Q 나는 왜 태어났을까

A 역시 난 우주의 먼지에 불과한 것 아닐까

늘 위축되어 있던 내게 시나리오 작가로서의 러브콜은 너무 자극이 셌다. 결국 나는 제풀에 꺾였다. 이 길은 아니라고 단정 짓고 여러 곳에서 연락이 올 때마다 "저는 이제 작업하지 않으려고요"라는 말을 앵무새처럼 반복했다. 그러면서 동네 카페에 나갔다.

집 앞에 작은 카페가 생겼다. 작은 테라스가 있는 노천카페였다. 나는 노천카페의 구석에 앉아 멍청히 음료를 마시며 하늘을 바라보는 일을 좋아했다.

훗날 누군가 그런 말을 했다. 하늘을 많이 보는 건 우울하기 때문이래. 그 말은 이때의 내게 딱 어울리는 말이었다.

나는 우울했다. 늘 자신이 없었고, 무엇을 해야 할지, 어떻게 살아야 할지 몰랐다. 이대로 굶어죽지 않으려면 무언가 일을 해야 할 것 같았지만 무슨 일을 해야 할지, 어떻게 일을 구하면 좋을지 아무것도 떠오르지 않았다.

그런 내가 마지막에 가서 발이 닿은 곳은 결국 깊은 바닥이었다.

이곳이 바닥인 줄 알았는데, 그보다 더 깊고 어두운 곳은 없을 줄 알았는데, 언제나 더 깊은 곳으로 누군가 내 발목을 끌어당겼다. 운이 좋으면 몇 시간 만에 빠져나올 수 있었지만 어떨 때는 몇 날 며칠이 지나도 다시 거슬러 올라올 수 없었다.

아무것도 읽을 수 없었다. 아무것도 쓸 수 없었다. 세상 모든 것이 빛을 잃었다. 숨을 쉬는 법도 기억나지 않았다. 내가 할 수 있는 것은 그저, 죽는 것밖에 없는 것 같았다. 하루 종일 울고 한 가지만 곱씹다가 결국 마지막에 하는 것은 자기 자신을 부정하는 일, 자해였다.

이런 나를 노천카페 사장은 꽤 안쓰럽게 여겼던 것 같다. 먼저 말을 걸어주고 잘 도닥여주다가 바리스타란 새로운 직업까지 줬다. 이후 나는 커피를 뽑는 일에만 집중했다. 눈앞의 머신으로 내리는 한 잔의 에스프레소만 생각했다. 지금 이 순간 내가 만드는 음료가 누군가에게는 일생에 단 한 번밖에 오지 않을 기쁨의 순간이 되길 진심으로 바라면서.

나아질 것 같지 않았던 절망이, 결코 다시 일어설 수 없을 것 같던 우울이, 아주 조금씩 괜찮아졌다. 커피를 한 잔 내가고 손님들의 웃는 얼굴을 마주할 때마다 스스로에게 내면의 누군가가 말을 거는 것 같았다. 살아도 괜찮아, 너는 지금 이대로 충분히 괜찮은 사람이야, 라고.

몇 년의 세월이 흘러 2007년까지 왔다. 전혀 책을 읽을 수 없었던 난독증도, 아무것도 적을 수 없었던 상태도 조금씩 좋아지고 있었다. 동화와 여행기, 에세이부터 시작해 신문의 기사들도 읽을 수 있었다. 다시 수첩을 펼 수 있었다. 그것들의 문장을 따박따박 옮겨 적고 곱씹어 읽는 일도 가능해졌다.

하지만 여전히 소설은 불가능했다. 이야기가 두려웠다. 우연히 소설을 처음 접하고 그를 읽던 어린 시절로 돌아간 듯 나는 선뜻 이야기에 손을 뻗지 못했다. 이렇게 도서관에서 소설을 폈다가 못 읽는다면 절망이 다시 찾아들까 봐, 가까스로 찾아낸 카페의 바리스타라는 삶의 궤적을 잃어버릴까 봐, 나는 두려웠다.

다시 글을 쓰고 싶었다. 집에 돌아가면 늘 컴퓨터를 켜고 한글 프로그램부터 열었다. 그래도 글은 써지지 않았다. 이상한 일이었다. 글이란 것은 키보드 위에 손을 올리면 자연스레 흘러나오는 것이 아니었나. 내가 말하는 것이 글이 되고, 나라는 인간 자체가 하나의 글이 아니었던가. 그런 의문이 가득 차다 보면 나는 결국 다시 한 가지 질문에 외곬이 집착하다 절망, 그 구렁텅이로 빠져들었다.

언젠가부터 집에 돌아가는 일이 두려워졌다. 컴퓨터를 켜고 흰 화면을 마주하다가 공포에 휩싸이는 게 두려워 집에 최대한 늦게 들어갔다. 퇴근이 밤 열 시였다. 집에 들어가면 열한 시였다. 그런데도 더 늦고 싶다니, 지금 생각하면 피곤하지도 않았나 싶다. 하지만 그때의 나는 젊고 열정에 가득 차 있었다. 체력이 좋았다. 집 근처 역 앞에 있는

스타벅스에서 마감까지 버틸 수 있을 만큼, 그곳에서 아무 생각 없이 앉아 책을 읽고 수첩에 무언가 쓸 수 있을 만큼. 그래서 젊은 날의 걱정은 지금보다 순수하고 깊었으리라.

매일 밤마다 스타벅스를 찾아가는 일을 반복하며 늘 계시를 바랐다. 신이라면 매달릴 셈이었고, 귀신이라면 좇을 셈이었으며, 우주인이라면 차라리 날 외계로 납치해 달라 빌고 싶었다.

그러던 어느 날, 정말 계시가 왔다.

여름이었다. 주말이었다. 낮이었다. 집에서 한참 데스크탑을 바라보다가 결국 포기했다. 책과 손바닥만 한 크기의 수첩만 챙겨 집을 나왔다. 그날따라 더 책이 읽히지 않았다. 소설이 읽히는 것이야말로 어불성설이었다.

이날 하필 역 근처 스타벅스는 만석이었다. 그래도 혹시 자리가 생기지 않을까 생각하며, 자리에 앉는다고 내가 무언가 쓸 수 있을까 스스로를 비웃으며, 문을 열었다가 불현듯 들린 누군가의 음성에 당황했다.

할렐루야.

귀에 익숙한 단어. 왜 이런 곳에서 이 단어가 나오지? 어째서 그렇지? 의아해하며 귀를 기울이니 다시 한 번 들렸다. 할렐루야. 스타벅스의 배경음악으로 연달아 "할렐루야"가 흘러나오고 있었다.

교회는 내 피에 새겨진 DNA와 같았다. 엄마는 나를 뱃속에 가졌을 때부터 세례를 주고 싶었다고 한다. 하지만 아버지가 교회에 다니지 않아 모태신앙이 불가능했다며 이 사연을 두고두고 이야기했다.

초등학교에 들어갈 무렵에는 이미 교회에 다니고 있었다. 주기도문을 외우고 사도신경을 복창하고 찬송가를 암송했다. 아침에 일어나자마자 기도를 했고, 밥 먹을 때는 물론 삼시세끼 감사기도를 했으며, 자기 전 오늘 있었던 일을 주님께 고하는 건 일기 쓰기만큼이나 빼먹을 수 없는 중요한 일이었다. 평생 이렇게 살 줄 알았던 내가 교회를 다니지 않게 된 것은 중학교 2학년 무렵 교회 근처에 있던 지하 만화방에 맛을 들인 이후였다.

엄마가 헌금을 하라고 준 돈 오백 원, 천 원을 들고 만화방에 갔다. 예배 시간 동안 만화를 보고 돌아오는 길, 교회에 들러 주보를 챙겼다. 주보를 대충 읽은 후 "오늘은 이러저러한 설교를 했겠군" 하고 적당히 추리했다. 어린 시절부터 교회를 다녀 설교 레퍼토리를 거의 다 외우고 있었기에 가능한 일이었다.

그런 내가 교회를 완벽하게 안 다니기 시작한 건 대학에 들어간 무렵이었다. 이후 나의 종교는 문학이었고, 글이었으며, 그런 문학과 글을 함께 논하는 술자리였다. 그래서였을까, 스타벅스에 들어선 순간 들린 "할렐루야"가 귀에 박혔다. 너무 감정적인 상태였을까, 나는 주문을 하라는 바리스타에게 커피 이름 대신 울먹이며 물었다.

"이 노래 제목이 뭐예요?"

바리스타는 "잠깐만 기다리세요"라고 말하더니 바로 사무실로 들어갔다. 잠시 음악이 멈추고 공백이 들어선 자리에 사람들의 대화가 가득 찼다. 얼마 후 그 사이로 "할렐루야"가 재개되었다. 문이 열렸다. 바리스타가 메모지를 들고 돌아왔다. 그 메모지에는 이렇게 적혀 있었다.

Jeff Buckley Hallelujah

안면이 있는 바리스타였다. 깊이 있는 대화를 나누지는 않았지만 자주 오니까 서로 적당히 미소를 주고받아온 사이였다. 그래서 바리스타는 내 표정을 보고는 '아, 무슨 일이 있나 보다' 싶은 생각이 들었나 보다. 아니라면 그렇게 빠르게 내 의문을 풀어주려 했을 리 없었다.

나는 고맙다고 대꾸한 후 커피를 시켰다. 따듯한 아메리카노 한 잔이 나오는 사이 노래는 다음 곡으로 바뀌어 있었다.

커피를 들고 자리에 앉았다. 책을 폈다. 읽히지 않았다. 내 머릿속에는 오직 방금 전 메모지에 받은 가수 이름과 노래 제목만 가득했다. 커피를 반 잔 정도 마신 후 나머지는 종이컵에 옮겨 담아 카페를 나왔다. 집으로 돌아와 인터넷으로 문제의 가수와 노래를 찾았다. 그랬다가 제프 버클리란 가수가 젊은 나이에 요절했다는 사실을 알았다. 그 사실이 또 슬펐다. 하루 종일 노래를 반복해 들으며 숨죽여 울었다. 그러다 무심코 소설로 손을 뻗었다.

소설을 읽었다.

아주 자연스레, 언제나 그래왔다는 듯 당연히.

이때 읽은 소설의 제목이 무엇이었는지는 기억나지 않는

다. 하지만 나는 이 사실만은 기억한다.

나는, 소설을 읽을 수 있게 되었다.

어떤 소설이든 손에 잡히면 읽는 그 일이 다시 시작되었다.

추리소설을 쓰는 데에서 가장 중요한 게 뭘까

추리소설을 쓰는 데에서 가장 중요한 게 뭘까. 가장 먼저 떠올린 것은 추리소설을 많이 읽고 쓰는 일이었다. 그리고 특히 트릭이 중요할 것 같았다. 추리소설이 무엇인지, 누구보다 많이 트릭을 외워 그 법칙을 아는 게 클리셰를 피하는 방법이 될 것 같았다. 그래서 나는 셜록 홈즈에 한 발 가까워질 방법을 떠올린다. 아직도 방영 중인 애니메이션 시리즈 〈명탐정 코난〉을 독파하는 것.

소설을 읽을 수 있게 되자 더는 도서관에서 다른 코너를 찾는 일이 없어졌다. 일단 도서관에 가면 소설 코너부터 가는 일이 재개되었다. 예전부터 눈독 들였던 소설이 몇 권 있었다. 특히 파울로 코엘료의 소설을 차례로 독파하고 싶었다. 그렇게 한 권 두 권 야금야금 소설을 빌려 읽다가 한 권의 책을 발견한다. 미야베 미유키의 추리소설《이유》.

《이유》는 인기가 없는 책이었다. 이달의 도서관 사서 추천도서로 뽑혔는데도 대출하는 사람이 한 명도 없어 3주간 제자리에 있었다. 나는 이 책을 안쓰럽다는 이유로 빌렸다가, 처음엔 읽기 힘들어 끙끙 앓다가, 대출기한이 끝나기 직전에야 푹 빠져들어 새벽에 소리치고 만다.

"이게 추리소설이라면, 나는 추리소설가가 되겠다!"

지금 생각해 보자면 부처가 태어나면서 외쳤다는 "천상천하 유아독존"만큼 창피한 말이다. 하지만 이때의 나는 그만큼 진지했다. 이후 나는 추리소설을 닥치는 대로 읽기 시작했다. 그중에 아직 셜록 홈즈는 없었다. 내가 셜록 홈즈를 다시 만난 건 한참 후의 일이다.

내가 다시 책을 읽고 쓸 수 있게 되었다는 것은 나 혼자만 아는 사실이었다. 그런데 이상하게도 다시 영화사에서 연락이 오기 시작했다. 그전까지는 이제 안 한다는 말 정도만 했지만 미야베 미유키의 소설을 독파하기 시작한 후로는 할 말이 늘었다.

"저 이제 추리소설 쓰려고요."

이런 식으로 나오면 피디들은 입맛을 다시며 연락을 끊었다. 그런데 그중 단 한 명의 피디가 유독 내게 꾸준히 연락을 해왔다. 모 시나리오 작가가 보조작가를 구한다. 배울 게 많은 기회다. 꼭 좀 가봐라. 끊임없이 날 종용했다. 결국 설득에 졌다. 일단 가겠다고는 했지만 추리소설가가 되겠다는 결심은 굳건했다. 그래서 나는 피디의 소개로 간 자리에서도 또 상대를 보자마자 이 말을 하고 말았다.

"저, 뵙자마자 죄송한데 시나리오 안 쓸 건데요."

상대방은 좀 기가 막혀 웃었던 것 같다. 그러면서도 내가 무슨 생각으로 여기까지 왔나 궁금하기도 했나 보다. 그렇다면 왜 나왔느냐 물었고, 나는 솔직하게 사정을 밝혔다. 내 재능을 아깝게 생각하는 피디님이 가라고 했다. 하지만 난 추리소설을 쓰고 싶다.

내가 만약 저 때 만난 시나리오 작가 입장이라면 참 가당찮다, 당돌하구나 생각하며 나를 설득하거나 혼내거나 했을 것 같다. 하지만 이 시나리오 작가는 달랐다. 그는 내 이야기에 가만히 귀를 기울이더니 수첩이 있으면 적으라며 일본 추리소설가 세 명의 한자 함자를 알려주었다.

추리소설을 쓰겠다고 생각한 후 처음 받은 친절이었다. 나는 진심으로 감사하며 그러겠다고 말한 후 또 도서관에 갔다. 일본문학 코너에서 적어간 한자와 작가의 이름을 비교해보며 문제의 책을 찾았다. 이때는 결국 작가 찾기에 실패했다. 성공한 건 3년 후의 일이다. 내가 일본어를 좀 더 잘하게 된 후, 그리고 셜록 홈즈를 접한 후 알게 된 이 세 명의 작가 이름은 다음과 같다.

마쓰모토 세이초
에도가와 란포
모리무라 세이이치

일본 추리소설을 좀 읽은 사람은 아, 하고 감탄을 할 법한 이름이리라. 하지만 아직 추리소설을 쓰겠다고 생각만 하고 독서가 짧았던 내게는 낯설기 짝이 없는 이름이었다.

이 이름들을 찾고 독파하기까지 3년이 걸렸다. 그리고 이 3년 사이, 나는 아주 조금 더 셜록 홈즈에게 가까워진다.

국내에서도 드라마로 제작된 바 있는 일본 만화 《노다메

칸타빌레》를 보면, 주인공 노다메가 프랑스에 가서 단숨에 불어를 익히는 장면이 나온다. 노다메는 자신이 좋아하는 애니메이션 시리즈 '프리고로타'의 불어판을 보며 들리는 것을 그대로 흉내 내 단 하룻밤 만에 불어를 익힌다. 노다메가 프리고로타의 원작 애니메이션 대사를 완벽하게 외웠기에 가능했다는 에피소드다. 남들은 이런 이야기를 들으면 만화니까 가능하겠지 하겠으나, 나는 이게 얼마나 현실에 가까운 이야긴지 경험을 통해 알고 있다.

〈명탐정 코난〉은 가장 잘 알려지고 대중적인 셜록 홈즈 오마주물 중 하나로 1996년 방영을 시작한 이후 2020년 지금에 이르기까지 천 편에 가까운 애니메이션을 방영했다. 회당 사건이 해결되는 구성이기에 지금껏 다양한 트릭이 소개되었다.

나는 트릭을 배우려고 이 〈명탐정 코난〉 애니메이션을 첫 회부터 차례로 하루에 한두 편씩 꼬박꼬박, 쉬는 날에 내키면 열 편 스무 편도 봤다. 몇 달이고 정신없이 보았더니 최신 회차가 남아나지 않았다. 그렇게 시간이 남자 다음으로 손을 댄 건 일본 드라마였다. 일본 드라마는 〈명탐정 코난〉만큼이나 추리를 다룬 내용이 많았다. 인터넷을 검색해 보면 유명 추리 드라마 목록을 쉬이 구할 수 있기에 트릭을 외울 셈으로 하나둘 섭렵해나갔다. 그런 식으로 일 년이 지나니 뭔가 이상한 감각이 생겼다. 눈앞의 애니메이션이나 일본 드라마에서 사람들이 말하는 게 어쩐지 우리말처럼 낯익게 들리는 것이다.

2010년, 나는 이 감각이 착각이 아니란 확신을 갖게 된다. 당시 한참 집중해 보던 일본 드라마 〈아이보우〉의 자막 공급이 끊겼다. 갑갑해진 나는 에라 모르겠다 하고 영상을 구해 자막 없이 보기 시작했다가 기이한 일이 일어났다.

배우들의 일본어를 모두 알아들은 것이다.

일단 희한했고, 궁금한 다음 화를 볼 수 있으니 집중해 드라마를 보긴 하면서도 나의 귀에 대한 의구심은 가시지 않았다. 몇 번이고 같은 일이 거듭되고 나서야 나는 내게 일어난 일을 파악할 수 있었다.

당시 나는 히키코모리에 가까운 생활을 하고 있었다. 카페에 나가는 시간을 제외하고는 하루 종일 집에서 꼼짝도 하지 않고 일본어로 된 영상을 봤다. 그건 거의 일본에서 생활하는 수준에 가깝지 않았을까. 실제로 나는 하도 일본 드라마나 애니메이션을 보다 보니 어느 정도 일본 곳곳의 지방 풍경을 상상할 수 있게 되었다. 더불어 자신감이 생겼다. 이 정도면 내가 추리소설을 쓸 수 있지 않을까, 아주 그럴 듯한 트릭을 써낼 수 있지 않을까 하는 자신감. 하지만 얼마 지나지 않아 깨닫게 된다. 그건 말 그대로 근거 없는 자신감이었다는 사실을.

태어나서 처음 쓴 장편 추리소설의 제목은 《붉은 깃발의 섬 연속살인사건》이었다. 아직도 인터넷에 제목을 검색하면 볼 수 있는 문제의 소설 《붉은 깃발의 섬 연속살인사건》. 나는 가당찮게도 이 소설에 자신을 그대로 형상화한 주인공 '카메라이언'을 등장시켰다. 주인공을 포함한 어느 인터넷 사진 동호회가 서해에 있는 수상한 '붉은 깃발의 섬'으로 출사를 갔다가 그곳에서 연쇄살인사건에 휩쓸린다는, 이 사건을 주인공 카메라이언이 해결한다는, 말 그대로 〈명탐정 코난〉에서나 볼 법한 내용의 본격 추리소설이었다.

난 내가 천재인 줄 알았다. 이렇게 멋진 트릭은 나 말고 아무도 만들 수 없을 줄 알았고, 이 소설을 접한 출판사는 흥분해 내게 거금의 계약금을 주겠다고 달려들 줄 알았다.

물론, 그런 일은 일어나지 않았다. 끈기가 있는 사람

이 인터넷을 검색해 문제의 소설을 찾아 읽는다면 알겠지만, 말 그대로 열심히 쓴 습작소설, 그 이상도 이하도 아니었다.

내 시발점은 〈셜록〉 팬픽 소설이었다

넷플릭스를 시작하게 된 계기가 문제의 〈셜록〉이었다. 영국드라마 〈셜록〉. 나에게 우주오이의 존재를 알려준, 셜록 홈즈 전집을 처음부터 다시 읽게 만든, 마침내는 《트위터 탐정 셜록수》를 쓰게 만들어 나를 진짜 추리소설가로 데뷔시킨 그 〈셜록〉 말이다.

2020년이 되자마자 넷플릭스를 또 재개하고 말았다. 글을 쓰는 동안에는 보면 안 된다고 그렇게 자신을 다독였건만 정신을 차려보니 〈위쳐〉와 〈두 교황〉에 이어 〈메시아〉를 손대고 있다. 동시에 〈아이리시맨〉을 비롯한 수많은 영상을 내가 보고 싶은 콘텐츠로 찜해 놨다. 옛날부터 이랬다. 뭐든 한 번 발을 들이면 걷잡을 수 없이 빠져들고 만다.

그래서 아예 시작을 하지 않는 게 마음이 편하다.

일본 드라마도 그렇게 시작했다. 처음엔 〈명탐정 코난〉을 독파하며 시간이나 때우려고 시작했던 것이 언젠가부터 드라마가 주가 되고 〈명탐정 코난〉은 뒷전이 됐다. 역시 나는 2D보다는 3D라며 배우들의 연기에 일일이 감탄하며 히가시노 게이고나 마쓰모토 세이초 원작의 드라마는 혈안이 되어 찾아보았다.

특히 당시 마쓰모토 세이초 탄생 100주년을 맞이해 각 방송국마다 그의 원작을 바탕으로 특집드라마를 편성했기에 매일이 즐거웠다. 수많은 명배우가 마쓰모토 세이초 원작의 드라마에 등장해 멋진 대사를 내뱉는 걸 보자면 공부가 되는 것은 물론이요, 시간 가는 줄 모르기 일쑤였다.

하지만 아무리 열심히 봐도 결국 질리는 시점이 오기 마련이다. 요즘 말로 하면 탈덕의 시점 말이다. 일본 드라마 탈덕 시점은 너무나 급작스레 찾아왔다. 그것도 영국 드라마 〈셜록〉과 함께.

20년이 넘은 친구들이 있다. 숭실대학교 문예창작학과 98학번 동기들이다. 지금은 생활이 많이 달라지다 보니 그렇게까지 자주 만나지는 않지만, 십 년 전까지는 최소 일주일에 한두 번 이상 전화 통화를 하거나 문자 메시지를 주고받고, 한 달에 한 번은 꼬박꼬박 서울 이곳저곳에서 모임을 가졌다.

새로운 맛집이 생기면, 멋진 카페를 찾으면, 어딘가의 도서관 밥이 맛있으면, 마음이 가는 남자라도 발견하면, 나는 가장 먼저 친구들에게 연락했다. 대학 시절로 돌아간 듯 시간 모르고 한 시간이고 두 시간이고 수다를 떨다가 "나머지는 만나서 이야기해!"라고 소리 지르곤 했다.

지금 생각해 보면 어디서 그런 체력이 나왔나 싶지만, 당시엔 그게 당연한 일상이었다. 그리고 이들 중 한 명인 H가 내게 〈셜록〉을 소개해줬다.

H는 대학시절부터 나와 영화 취향이 맞았다. 아무도 주성치를 이야기하지 않을 때부터 주성치를 이야기했고, 그의 영화 세계가 얼마나 뛰어난지 논하였으며, 내가 '목욕탕에서 때밀이 격투를 하는 영화 시나리오'를 적었을 때도 이를 읽고 눈물을 흘리며 웃어준 친구 중 한 명이었다.

그런 H의 취향은 대학을 졸업한 후로도 변하지 않았다.

내가 난독증이 걸린 사이에도 H는 꾸준히 독서를 했다. 베르나르 베르베르부터 시작해 나는 아직 접하지 못한 일본 추리소설도 모두 읽어치웠다. 또, 훗날 내가 추리소설을 쓰겠다고 했을 때 "써!"라고 쿨하게 한 마디로 응원해주고, 나의 첫 번째 독자 역할을 도맡아줬다.

그런 H를 포함한 대학친구들이 모두 모인 2011년 연초 모임에서 〈셜록〉 이야기가 나왔다. M도, SK도, S도, 모두 고개를 끄덕였다. "아. 그 드라마 정말 좋지" 하고 맞장구를 쳤다. 희한하게 나만 이 드라마를 모르는 것 같았다. 그래서 "그게 뭐야?"라고 말했다가 다들 하나같이 "너는 추리소설을 쓴다면서 아직도 〈셜록〉을 모르냐"며 안타까워하는 일이 일어났다.

난감했다. 일본 드라마를 찾아보는 법이야 잘 알고 있었다. 하지만 내가 일본 드라마를 구하는 창구로는 영국 드라마를 찾을 수 없었다. 그래서 찾는 법을 모르겠어서 못 본다고 솔직하게 말하자 H가 나섰다. "내가 이메일로 시즌 1 다 보내줄게!" 하고.

나는 그러라고 하고 집에 들어와 이 사실을 잊었다. 다시 일본 드라마의 세계에 푹 빠져들었다가 다음 날 이메일을 확인하고 놀랐다. 벌써 영국 드라마 〈셜록〉 시즌 1이 전부 도착해 있었다. 게다가 그 용량이 꽤 컸다.

당시 인터넷 속도는 지금보다 훨씬 느렸다. 물론 모바일로 이메일을 보낼 수도 없었다. 이메일을 보내려면 반드시 컴퓨터를 켜고 포털사이트에 접속해야 했다. 이메일로 이 정도 용량을 보내려면 최소 한 시간은 걸릴 것 같았다. H가 이걸 바로 보냈다는 말은 전날 헤어져 집에 들어가자마자 씻지도 않고 업로드를 걸었다는 말과 같았다.

나는 잠시 생각했다.

H가 이렇게 부지런한 사람이었던가?

에이, 아닌데.

나는 또 생각했다.

주성치를 좋아하는 H, 나보다 많은 추리소설을 읽은 H, 그런 H를 이 정도로 부지런하게 만든 영국 드라마 〈셜록〉은 아주 대단한 물건일지도 모른다. 바로 영국 드라마 〈셜록〉을 다운로드 받았다. 그러고는 보기 시작했다가 시간이 실종되고 말았다.

일본 드라마를 보면서 '와 재밌다'고 했지만 시간이 완전히 사라진다는 감각을 느껴본 적은 없었다. 중간중간 화장실에 갈 틈도 있었고, 잠깐 멈춰놓고 커피를 마시거나 식사를 하기도 했다. 하지만 이건 멈출 수 없었다. 영국 드라마 〈셜록〉을 켜는 순간 베니딕트 컴버배치, 훗날 우주오이라 부르는 마상(馬相)의 셜록 홈즈에게 푹 빠져들고 말았다.

〈주홍색 연구〉를 따라한 〈핑크색 연구〉에서 그가 보이는 캐릭터는, 그리고 그런 캐릭터를 표현하는 데 사용한 영상 연출은, 지금껏 봐온 일본 드라마의 그 어떤 것과도 달랐다. 이제는 흔히 볼 수 있지만 허공에 텍스트를 표현하는 방식은 도전적이기 짝이 없으며, 그를 통해 흘러나오는 위트는 신선했다. 나는 영국 드라마 〈셜록〉의 팬이 됐다. 시즌 1이 끝난 것이 너무 아쉬워 시즌 2는 언제 방영이 되는가, 흥분해 H에게 전화로 감상을 전하고 도저히 참을 수 없어 《셜록 홈즈 전집》을 바로 인터넷으로 구매했다. 당시엔 아직 도서정가제가 시작되기 전이라 반값도 안 되는 헐값으로 전집을 구매할 수 있었다. 그렇게 셜록 홈즈 전집을 다시 접하고 첫 권 《주홍색 연구》를 읽다가 크게 놀라고 만다.

아니, 셜록 홈즈가 이렇게 재밌는 이야기였나?

중학생 때였다. 집 근처 책방을 드나들며 셜록 홈즈를 비롯해 괴도 뤼팽 시리즈, 애거사 크리스티와 SF 걸작선 등 이것저것 닥치는 대로 읽어치운 때가 있었다. 하지만 그때 가장 인상 깊었던 건 뭐니 뭐니 해도 애거사 크리스티였고, 다음으로는 괴도 뤼팽 시리즈였다.

애거사 크리스티는 얼마나 좋아했던지 《오리엔트 특급열차》가 텔레비전에서 만화나 영화로 방영되거나, 〈제시카의 추리극장〉 같은 게 할 때면 결코 놓치지 않으려고 잠을 안 자겠다고 떼를 쓰기까지 했었다.

그렇듯 좋아하는 책 목록에서 셜록 홈즈는 열외였다. 어린 시절의 내게 셜록 홈즈는 고루한 이야기의 전형이었다.

그런데, 아니었다.

2011년 정초부터 다시 접한 영국 드라마 〈셜록〉이 혁신이었다면 《셜록 홈즈 전집》은 내가 지금껏 찾던 모든 것, 그 자체였다.

추리소설을 쓰겠다고 고민하고 추리소설을 닥치는 대로 읽어치웠다. 추리소설만 내는 출판사 북스피어를 찾아가 도움을 청하고, 그곳에서 추천하는 소설과 출간하는 소설도 모두 보고 문제의 《붉은 깃발의 섬 연쇄살인사건》을 투고하기까지 했다. 그로도 부족해 직접 찾아가 독자 교정에 참여하고, 태어나서 처음으로 추리소설의 맨 뒤 판권 페이지에 내 이름을 실었다. 그런데도 추리소설가의 길은 먼 것만 같았다. 주말마다 추리소설을 쓰겠다며 일본 드라마를 보고 공부하고 끊임없이 습작을 하면서도 스스로에 대한 의구심은 여전했다.

이러다 말지 않을까.

결국 습작생으로 끝나고 말 거야.

생각해보면 내 인생이 그랬다.

2002년 운 좋게 특집극으로 데뷔했다. 그 길을 그대로 묵묵히 갔다면 2011년에는 전혀 다른 인생을 살 수 있었으리라. 하지만 나는 그 길을 버렸다. 두려웠기 때문이다. 추리소설을 쓰면서도 마음 한구석엔 늘 두려움이 있었다. 나는 그걸 알고 있었다. 그렇기에 계속 소설을 쓰면서도, 그것을 여기저기에 투고하고 인터넷 게시판에 올리면서도, 생각하고 있었다.

이러다 말 거라고.

결국 실패하고 말 거라고.

내가 작가가 되는 기적은 일어나지 않을 거라고.

그런 상황에서 나는 《셜록 홈즈 전집》을 손에 들었던 것이다. 《주홍색 연구》를 손에 들고, 읽게 되었던 것이다. 이때까지만 해도 이 소설이 내 인생을 어떤 식으로 틀어버릴지 전혀 예상하지 못하고 말이다.

〈셜록〉 시즌 2가 나오길 기다리는 게 너무 지겨웠다. 그래서 몇 번이고 이것저것 되는대로 습작을 하다가 문뜩 결심한다.

내가 〈셜록〉 같은 걸 써보면 어떨까?

우리나라를 배경으로 해서 셜록 홈즈와 왓슨이 함께 등장하는 이야기를 적는다면?

괜찮을 것 같았다. 실제로 《경성탐정록》이라는, 셜록 홈즈와 왓슨을 일제강점기로 끌어들인 소설이 인기를 끌고 있는 참이었다. 물론, 나는 이 소설도 읽은 상태였고, 어디서 그런 자신감이 들었는지 나도 이런 걸 쓸 수 있을 것 같았다. 〈셜록〉 시즌 2를 기다리며 감질난 탓에 《주석 달린 셜록 홈즈》도 읽으며 공부하고 있었겠다, 쓸 준비 만반이었다. 그래서 나는 2011년 가을. 추석 연휴를 이용해 《트위터 탐정 설록수》의 집필을 시작한다.

나는 개와 함께 산다. 성은 개요, 이름은 몽돌로 2020년 올해로 열 살이 된 이 똥색 푸들에게 언젠가부터 존칭인 '씨'를 붙여 '개몽돌씨'라고 불러주고 있다. 이 개몽돌씨가 우리 집에 온 게 2011년의 일이었다. 지금은 몸무게가 7킬로그램에 육박하지만 2011년 한 살도 채 되지 않은 개몽돌씨는 정말 작았다. 지금은 팔 하나도 들어가기 힘든 S사이즈 옷이 그때는 헐렁헐렁했다. 그런 개몽돌씨가 우리 집에 와서 가장 먼저 한 일은 내 무릎을 선점하는 것이었다.

지금도 개몽돌씨는 밤이 되면 내 침대로 온다. 팔베개를 해달라며 앞발로 나를 툭툭 친다. 자느라고 못 들으면 앞발로 내 머리나 얼굴을 퍽 때리는 만행을 부리기도 한다. 개몽돌씨는 팔베개가 참 편한가 보다. 말 그대로 코를 드르렁 골고 방귀도 뿡뿡 뀌며 잘도 잔다.

이런 개몽돌씨의 팔베개 습관 전초전이 십 년 전 내 무릎 뺏기였다. 개몽돌씨는 내가 노트북 앞에서 인상을 쓰고 있으면 부들부들 떨며 다가왔다. 지금보다 키가 한 뼘은 작았기에 낑낑대며 자꾸 자기를 무릎에 올려달라고 용을 썼고, 나는 늘 그걸 들어줬다. 그러면 개몽돌씨는 무릎 위에서 단잠에 빠졌다.

지금이야 개몽돌씨가 잠이 들면 바로 들어서 침대로 던지다시피 눕혀드린다. 하지만 당시의 나는 개를 키운 게 너무 오랜만이라 개몽돌씨를 어떻게 대해야 할지 난감했던 터라 무릎에서 자라고 방치했다. 그랬더니 이 녀석, 한 시간이 뭐냐 무려 세 시간이나 단잠을 잤고, 나는 그런 개를 깨울 수 없어 계속 글을 썼다. 울며 겨자 먹기 기분으로 묵묵히.

당시의 나는 작가 지망생이었다. 어떻게 시작은 해도 제대로 끝까지 집중해서 쓰는 법이 없었다. 시작은 좋은데 중간부터 어쩐지 공력이 딸려 "에이 몰라, 대충 써서 일단 끝내!" 하기 일쑤였는데 이날은 달랐다. 뭐에 홀렸던 건지, 아니면 자주 조언을 해주시는 정명섭 작가님의 말처럼 "엉덩이 무거운 인간이 이기는" 기적이라도 일어난 건지, 묵묵히 쓴 끝에 세 시간 후, 훗날 단행본으로 출간되기도 한 《트위터 탐정 설록수》의 첫 번째 에피소드가 될 〈타임라인 연구〉의 초안을 완성해낸다.

훗날 이 책을 단행본으로 출간한 후, 나는 인터넷에서 “《트위터 탐정 설록수》는 영국 드라마 〈셜록〉의 팬픽 소설” 이라는 평을 다수 발견한다. 처음에는 이걸 보고 “아니야!” 라고 했지만 이제는 인정한다. 그건 팬픽 소설이었다. 그리고 그게 내 추리소설가로서의 시발점이었다, 라고.

너무 졸려서 그만 실수로

처음 셜록 홈즈를 텔레비전에서 만난 날을 떠올린다. 거친 펜선으로 그린 셜록 홈즈였다. 배스커빌의 돌산으로 숨어드는 셜록 홈즈, 손을 흔드는 셜록 홈즈를 멀찍이서 바라보는 닥터 왓슨. 그리고 이들 사이에 훗날 내 데뷔작이 되는 《홈즈가 보낸 편지》 속 수수께끼의 남자 카트라이트의 어린 시절이 있었다.

2012년 12월 출간한 데뷔작 《홈즈가 보낸 편지》는 가당찮은 상상에서 시작한 소설이다. 셜록 홈즈가 우리나라에 왔다면 어떨까. 그리고 그렇게 왔다가 우리나라 최초의 정탐소설가 김내성을 만났다면, 둘이 사건을 해결한다면 얼마나 멋질까, 라는 생각. 한 마디로 정의하자면 '셜로키언 게임'이다.

셜로키언 게임, 혹은 홈지언 게임으로 통하는 이 말은 셜록 홈즈가 실존 인물이라고 가정하고 그가 어디서 무엇을 했을까를 진지하게 고찰하는 '셜록 홈즈 덕후들의 게임'을 가리킨다. 나는 그런 셜로키언 게임을 소설 《홈즈가 보낸 편지》로 끌어들였다.

《홈즈가 보낸 편지》를 쓴 직접적인 계기는 2010년 연말에 있었던 한미모 모임이었다. 당시 나는 교보문고 미스터리 노블 시리즈로 단편을 출간한 피라미도 못되는 추리소설가였다. 이런 나를 추리소설가랍시고 한국미스터리작가모임, 줄여서 한미모에 넣어주신 분들이 계셨다. 정명섭, 최혁곤 작가님이다. 두 분은 인터넷 게시판을 기웃거리는 내게 쪽지를 보내 가입을 권유하셨고, 나야 당연히 반갑게 받아들였다. 그렇게 가입하고 얼마 지나지 않아 한미모 연말 모임에 초대를 받았다.

당시 계간 미스터리를 펴내고 있었던 박광규 선생님은 "작년 이웃나라 일본에서는 마쓰모토 세이초 백주년이라고 많은 사업을 했다. 영국에서는 올해 코넌 도일 사후 80주년 기념 드라마 〈셜록〉을 방영한다. 그런데 김내성은 전혀 조명받지 못한다. 마쓰모토 세이초와 동갑내기인 우리나라 최초의 정탐소설가 김내성 100주년인 작년, 아무 일도 일어나지 않았다"며 통탄하셨고, 나는 그 이야기에 가만히 귀를 기울이며 머리를 굴렸다.

그렇다면, 내가 그 이야기를 써보면 어떨까?

술자리에 가면 자연스레 이야기의 텀이 지나가는 순간이 있다. 나는 그 순간을 기다렸다. 흥분한 목소리가 잦아들어 다른 이야기로 술잔이 오갈 때 슬그머니 자리에서 일어났다. 박광규 선생님 옆으로 가서 소주를 한 잔 권하며 물었다.

"우리나라에서 누군가 김내성을 주인공으로 한 소설을 쓰면 어떨까요? 예를 들어, 셜록 홈즈가 우리나라에 왔다가 김내성을 만났다면요?"

"괜찮겠네."

"제가 써도 될까요?"

"쓰세요."

박광규 선생님은 내가 누군가 의아해하면서도 꾸준히 대꾸해주셨고, 나는 이날 집에 들어가자마자 셜록 홈즈와 김내성이 만나는 소설을 준비하기 시작했다.

나름 자신감이 있었다. 일단 《트위터 탐정 설록수》를 단행본 한 권 분량이나 쓴 상태라 셜록 홈즈에 대한 공부가 꽤 되어 있었던 데다, 그 사이 전자책으로 단편을 하나 쓰느라 김내성의 단편 〈연문기담〉을 분석한 바 있었다. 이 과정에서 김내성의 소설을 꽤 많이 읽었고, 웹진 《판타스틱》의 종이책 특집호에 실린 김내성에 대한 분석 기사도 보고 하였으니, 어렵잖게 그의 일대기와 셜록 홈즈의 이야기를 잘 꿰어 맞출 수 있을 것 같았다.

하지만 실제로 시작하려니 여러 난관이 있었다.

일단 연대기의 문제. 셜록 홈즈는 김내성보다 윗세대 인물이었다. 김내성은 1909년생인데 비해 셜록 홈즈는 1854년생이었다. 즉, 김내성이 태어나 어른이 되었을 무렵에는 호호 할아버지가 되었다는 이야기였다.

물론, 연대기에 따르면 1920년대 셜록 홈즈는 터키에 있었으니 조선까지 와서 김내성과 조우했을 가능성이 아주 조금 있기는 했다. 하지만 가만히 들여다보다가 이것은 아무래도 무리한 설정일 것 같아 나는 생각을 보류했다. 고민 끝에 《셜록 홈즈》 전집을 처음부터 정독하기로 했다. 그렇게 책을 차례로 읽던 중, 나는 《배스커빌 가의 개》에서 내

주인공으로 삼을 만한 소년 카트라이트를 발견한다.

《배스커빌 가의 개》를 보면 카트라이트는 런던의 어느 심부름 센터에서 처음 등장한다. 홈즈와 왓슨은 수상한 턱수염을 기른 남자를 미행하다가 그를 놓치자 어느 심부름 센터로 들어간다. 그곳에서 윌슨이라 불리는 지배인에게 '조사를 잘하는 카트라이트'를 불러 달라고 해 명령을 내린다. 셜록 홈즈는 카트라이트에게 꽤나 복잡한 방식의 심부름을 시킨다. 카트라이트는 이 소설 안에서 몇 번이고 셜록 홈즈의 부름을 받고 심부름을 하며 큰 역할을 맡는다.

나는 이런 카트라이트를 김내성과 짝지우면 좋겠다고 생각했다. 14세 풋풋한 소년과 추리소설가 김내성이 함께 사건을 맞이해 풀이하는 일이 있었다면 어떨까 생각한 것이다.

대개의 소설가가 그러하듯 최초의 착상은 오래 가지 않는다. 새로운 자료를 발견할 때마다 이를 면밀히 관찰하다 보면 조금씩 덧칠하는 유화처럼 형태가 달라진다.

나도 그랬다.

집필을 결심하고 얼마 지나지 않아 인터넷으로 자료를

조사하던 중 한 블로그에서 김내성의 산문 〈삼일운동과 나의 소년시절-평양 남문통의 추억〉을 발견한다.

1950년 1월 20일, 김내성이 직접 적었다고 알려진 이 산문에서 김내성은 1909년 3월 1일 당시의 풍경을 구체적으로 묘사한다.

삼일운동이 일어났던 그날, 김내성은 대동강이 내려다보이는 길가의 구멍가게 앞에서 놀고 있었다. 어디선가 퍼지기 시작한 인파에 휩쓸려 만세를 불렀다. 경찰서 앞에서 터진 총포에 정신을 차린다. 혼비백산해 도망친다.

이런 일련의 과정 속에서 평양하고 대동강이 맞닿은 풍경에 살았던 김내성. 서당을 다니다 아버지가 돌아가시고 나서야 보통학교에 입학한 김내성은 내가 상상한 우리나라 최초의 정탐소설가와 사뭇 다른 느낌이었다.

어리고, 약하고, 겁이 많은, 삼일운동에 휩쓸려 혼비백산한 김내성.

나는 이 산문에서 그런 소년을 발견했다.

소설을 쓰다 보면 그런 일이 일어난다. 내가 쓴 소설 속 등장인물과 동명이인을 만나는 일, 주변 인물에게서 몇 가지 특이점을 찾아내(심지어 개에게서까지도) 새로운 인물을 만들어내는 일, 손에 닿을 듯 친근한 인물로 그려내는 일 말이다. 가끔 나는 그런 일에서 한 걸음 더 나아가 소설 속 인물을 친구나 친지보다 더 가깝게 느낀다. 내가 설정한 소설 속 주소에 가면 그가 살아 숨 쉬고 있지 않을까 상상한다. 이 순간이 그랬다. 문제의 산문을 읽는 순간 김내성이란 인물이 손에 닿을 듯 가깝게 느껴졌다. 김내성은 내게 다가와 한 명의 인간으로 바로섰다.

그 전까지 구상하던 어른 김내성과 소년 카트라이트를 연결할 생각은 버렸다. 둘을 동갑으로 설정했다. 삼일운동으로 일어난 살인사건을 해결하는 이야기를 적겠다고 마음먹고 웹진 판타스틱의 게시판을 빌려 첫 화를 연재했다. 그렇게 1909년의 소년 김내성과 카트라이트가 삼일운동이 끝난 사흘 후, 대동강에서 만나는 소설 《홈즈가 보낸 편지》가 시작되었던 것이다.

셜록 홈즈의 조수였던 소년 카트라이트와 동갑내기 김내성이 팀을 이뤄 사건을 해결하기 위해 움직이기 시작하자 이야기는 일사천리로 흘러갔다. 특히 캐릭터들의 조화, 이른바 '캐미'가 좋았다. 동갑내기 내성과 카트라이트가 티격

태격하며 대화하면서도 사건의 진상에 접근해 가는 과정이 흥미로웠다.

이 설정 자체에 오류가 있다는 사실을 발견하기 전까지만 해도 그랬다.

나는 김내성과 카트라이트를 동갑이라고 생각하고 시작했다. 연대는 1909년, 그런데 한참 적다 보니 궁금해졌다.

《배스커빌 가의 개》의 배경은 몇 년이지?

그제야 내가 셜록 홈즈와 왓슨의 나이도 정확히 모르는 풋내기 셜로키언이란 사실을 깨달았다. 집에 있는 《주석 달린 셜록 홈즈》를 펴들고 연대기를 확인하다가 눈앞이 잠시 깜깜해졌다. 《배스커빌 가의 개》의 시대적 배경이 정확하지 않았다. 1880년대 후반으로 추정되고 있을 뿐이었다. 그 말은 곧, 이때 열네 살이던 카트라이트가 1919년에 조선에 있다면…… 1909년생인 김내성의 아버지뻘이란 소리였다.

지금이라면 이런 실수는 하지 않았을 것 같다. 하지만 당시의 나는 소설을 좀 우습게 봤다. 이야기를 만들어 적는 것이 소설이지, 그 이상의 의미는 없다고 생각하던 때였다. 《트위터 탐정 설록수》를 쓴 후로도 그 버릇은 바뀌지 않았다. 늘 가볍게 썼다. 모든 소설을 습작이라고 여기며 쓰는 대로 인터넷에 올렸다. 그래봤자 안 될 거란 마음이 컸기에 가능한 일이었으리라. 여기에 외부적 상황 역시 한몫하고 있었다.

십 년 전, 나는 장충동에 있는 한 카페에서 주 5일, 정오부터 밤 열 시까지 일을 하고 있었다. 나는 거의 하루 종일 서서 일했다. 그런 시간조차 부족해 자정 무렵까지 퇴근이 늦춰진 적도 많았다. 밤늦게 퇴근하면 늘 자느라 바빴다. 《홈즈가 보낸 편지》를 연재하는 금요일이라고 다르지 않았다, 아니 오히려 더 바빴다. 다음 날 쉬니까 손님이 늦게까지 끊이지 않았다. 집에 들어가는 길 내내 졸다가 도착하면 바로 컴퓨터를 켜고 한쪽에는 김내성의 소설을, 다른 한쪽에는 셜록 홈즈 전집을 둔 후 지난 회차의 마지막 부분을 읽고 그 뒷부분을 A4 두 장이고 세 장이고 적어내리는 일을 반복했다. 그러니 오류가 생길 수밖에.

어떻게 한다. 이미 연재는 시작되었다. 이야기는 걷잡을 수 없는 수준으로 돌아가고 있다. 아, 어떻게 해야 한단 말인가. 이런 오류를 독자들에게 밝힌 후 그를 무시하고 연재하는가, 아니면 처음부터 캐릭터를 다시 짜야 하는가.

가장 먼저 생각한 것은 '그래도 연재는 한다'였다. 매주 금요일에서 토요일로 넘어가는 자정, 정해진 분량의 소설을 올린다는 것은 나 자신과의 싸움이었다. 다음 분량은 반드시 써야 했다.

그럼 어떻게 하지?

궁하면 통한다고 했던가. 한참 고민했더니 정말 대답이 나왔다.

아 몰라, 카트라이트가 거짓말이라도 했나 보지.

생각해보면 셜록 홈즈 이야기 자체가 소설이라는 커다란 거짓말이었다. 그렇다면 이 등장인물 자체가 거짓말을 하고 있다고 해도 될 것 같았다. 그렇게 생각한 후 눈 질끈 감고 되는대로 문장을 적어 내렸다. 등장인물 중 한 명이 카트라이트가 수상하다고, 거짓말을 하는 것 같다고 말하게 한 것이다.

이후 인터넷에 올린 후 까무룩 잠들었다.

다음 날 일어나자마자 어제 뭘 적었나 싶어 새파랗게 질렸다. 궁여지책이 아니었나 싶어 급히 게시판의 글을 확인했다가 내가 쓴 글을 보고 크게 놀랐다.

많은 소설가가 자신이 만든 등장인물이 살아 움직이는 경험을 한다고 말한다. 나 역시 어린 시절부터 수많은 작법

서와 고전을 들여다보며 그 사실을 알고 있다고 생각해 왔다. 하지만 이날 나는 그간 내 자신이 스스로를 속일 만큼 거짓말에 깊이 빠져 있있다는 사실을 깨달았다.

이날 처음, 등장인물의 행동 탓에 당황했다.

카트라이트는 정말 거짓말을 하고 있었다. 나는 이런 카트라이트의 속마음을 전혀 짐작할 수 없었다. 왜 그가 거짓말을 하는지, 그 목적이 무엇이며, 앞으로 이야기가 어떻게 전개될지 짐작이 불가능했다.

지금껏 반 장난으로 가볍게 소설을 쓰던 내게 이런 일은 처음이었다.

언제나 소설을 쓰며 캐릭터가 살아 움직이게 하려고 노력했다. 하지만 그때까지 내가 해온 것은 말 그대로 움직이게 만들려고 노력했을 뿐 움직인다고 믿지는 않았다.

이때 나는 실수로,

너무 졸려서,

그 일을 해낸 것이다.

카페 홈즈에 가면,
늘 좋은 일이 생긴다

2019년 예상보다 많은 종수의 책을 출간했다. 그중 두 권은 단독 단행본으로, 한 권은 에세이 《좋아하는 게 너무 많아도 좋아》였고 다른 한 권은 장편소설 《반전이 없다》였다. 그리고 나머지 세 권은 각기 《좀비썰록》, 《모두가 사라질 때》, 《카페 홈즈에 가면?》으로 나는 이 세 권에 각기 〈운수 좋은 날〉, 〈멸망하는 세계, 달아나는 여자〉, 〈죽은 이의 자화상〉을 수록했다. 이렇듯 다섯 권의 책 중, 카페 홈즈가 들어가는 책은 무려 네 권이었다.

낙서해서 죄송합니다

2012년 말이었다. 네이버 블로그로 사귄 친구 중 한 명인

E가 카카오톡으로 메시지를 보내왔다. 합정역 부근에 카페 홈즈라고, 추리소설 전문 북카페가 생겼다는 이야기였다. 나는 이 이야기를 듣자마자 눈이 동그래져 바로 가겠다고 이야기했다.

어느덧 삼십대였다. 작가로서 확실히 자리를 잡고 싶었다. 이십대까지는 카페 아르바이트와 글쓰기를 병행하며 생활을 해도 괜찮다 싶었지만 삼십대가 되자 생각이 달라졌다. 슬슬 위기감을 느끼고 있었다. 결혼계획은 전무했다. 사귀는 사람도 없었다. 잠깐 봄기운이 도는 상대가 생겨도 내가 처한 현실을 생각하면 도저히 그 이상 진도를 나갈 수 없었다.

연애라는 게 그렇다. 타이밍이란 게 있다. 아무리 상대에게 호감이 가도 내가 시간이 없고 돈이 없으면 한숨부터 나온다. 상대가 잘나보일수록 미안한 마음만 먼저 생긴다. 저 사람이라면 나보다 훨씬 괜찮은 사람을 만날 수 있을 텐데, 내가 포기하는 게 저 사람에게도 좋을 거야, 생각하며 일부러 정을 뗄 만한 행동을 한 적도 많았다.

당시의 나는 특히 그런 생각이 심했다. 근근하게 생활을 이어가며 글쓰기에만 집중하던 나날이었다. 가까스로 데뷔했는데 이대로 딴 데 한눈을 팔았다가는 어렵사리 얻은 기회를 잃을 것 같았다. 그래서 인세를 모아 카페를 내는 일만 생각하고 있었다.

그런데 잘 안 풀렸다. 목돈 마련의 돌파구가 될 것이라고 여긴 데뷔작 《홈즈가 보낸 편지》의 판매가 부진했다.

책을 내고 3주 만에 중쇄를 했다기에 기뻐했는데 알고 보니 초판을 1500부밖에 찍지 않아 그런 것이었다. 나는 크게 실망했다. 이런 식이라면 인세를 모아 카페를 내는 일은 불가능할 것만 같았다.

이런 상황에서 누군가 내가 차리고 싶은 컨셉의 카페를 먼저 차렸다면 구경을 갈 수밖에 없었다.

카페 홈즈는 첫인상부터 날 사로잡았다. 작은 테라스, 혼자 앉는 손님을 위한 자리와 책이 가득 찬 서가들은 내 머릿속에서 뽑아낸 모습 그대로였다. 게다가 드립커피는 이름이 어쩜 그렇게 재미있던지, 카페 홈즈의 드립커피는 세계적인 추리소설 속 명탐정 홈즈, 마플, 포와로, 메그레의 이름을 따서 지었다.

분함보다 깨끗한 패배감이 먼저 몰려들었다. 아무리 노

력해도 내가 이런 카페를 차리는 일은 불가능할 것 같아, 복수를 하기로 했다. 내 책에 '낙서'를 하고 가기로 한 것.

내가 앉은 쪽 자리 옆 서가에 한국소설이 꽂혀 있었다. 그리고 놀랍게도 그중에는 내가 최근에 낸 책 《홈즈가 보낸 편지》도 놓여 있었다. 나는 그 책을 재빨리 뽑았다. 그러고는 사장님이 눈치 채지 못하도록 빠르게 사인을 해서 모른 척, 제자리에 꽂았다.

좀 더 일찍 아는 척해도 좋았을 것을

SNS를 하다 보면 가장 자주 받는 오해 중 하나가 붙임성이 참 좋다, 낯을 안 가리는구나이다. 하지만 사실 나는 심하게 낯을 가린다. 친하지 않다고 생각하는 경우에는 아무렇지 않게 대화를 하다가 입을 꾹 다물기 일쑤, 어떤 상대와는 열 몇 시간씩 아무 말도 안 하고 있기도 하다. 2013년, 카페 홈즈에 한참 들락거릴 때도 그랬다. 쿠폰의 도장 열두 개를 다 채우도록 주문을 제외하고 내가 한 말은 이게 전부였다.

"쿠폰 도장 다 모았는데 뭐 마실 수 있나요?"

그랬던 내가 훗날 《붉은 소파》를 출간하고 사장님께 내 입으로 "제가 사실 누굽니다", "예전부터 여길 자주 왔습니다"라고 밝힌 건 상당한 발진이었다. 정확히 말하자면, 제 발 저린 것에 불과했지만.

《붉은 소파》를 출간하기 직전 해였던 2015년, 나는 인생의 위기에 직면해 있었다.

2015년, 동생이 결혼했다. 집을 두 개로 나눠야 했기에 나는 엄마와 함께 월세를 얻어 독립했다. 처음엔 독립이 뭐 별것일까 싶었다. 하지만 실제로 엄마와 둘이 살다 보니 얼마 안 가 내가 얼마나 안이한 생각을 해왔나 깨달을 수 있었다.

나는 오후 네 시부터 밤 열 시까지 하루 여섯 시간 주 5일 근무하고 있었다. 그렇게 버는 돈은 끽해야 백만 원에서 백이십만 원 사이였다. 이 돈은 한 달 월세와 생활비를 감당하기에 턱없이 부족했다. 아무리 허리띠를 졸라매고 친구를 만나지 않아도 늘 돈이 부족해서 주변에 손을 벌려야 했다.

나는 단순하게 생각하기로 했다. 근무를 주 5일에서 6일로 바꾸고, 좀 더 많이 일하고, 남는 시간에는 더 많은 글을 써서 계약을 하고 소설을 출간한다면 어떻게든 생활고를 막을 수 있을 거라 여겼다.

처음엔 그럴 듯하게 해나가는 듯했다. 별 무리 없이 체력이 버텨줬고 글도 꽤 잘 써졌다. 하지만 동생 결혼을 한 달 앞둔 어느 날, 일하다 쓰러졌다. 눈앞이 캄캄해지는 듯한 허리 통증이 오더니 그대로 드러누워 꼼짝도 할 수 없었다. 사장에게 전화를 걸어 상황을 설명하고 평소보다 일찍 문을 닫았다. 그러고도 택시비가 아까워 버스에 지하철까지 환승해 집에 갔다가…… 다음 날 침대에서 일어날 수 없었다.

디스크에 문제가 생겼다.

그때부터 한 달, 동생 결혼까지 거의 하루 종일 침대에 누워 생활하며 넘겨야 할 단편을 썼다. 그게 바로 《셜록 홈즈의 증명》에 실은 〈성북동, 심우장 가는 길〉이다.

셜록 홈즈 소설을 두 편이나 냈더니 또 셜록 홈즈 관련 책을 내는데 단편을 한 번 수록해 보지 않겠느냐는 연락을 받았다. 오랜만에 온 출간 제안이 기뻤다. 하지만 쓸 틈이 없었다. 매일 출근하느라 바빴다. 집에 와서 쓰려고 하면 잠이 쏟아졌다. 이를 쉬던 걸 하루 쉬지 글 쓸 시간이 턱 없이 부족했다. 이대로 어떻게 마감을 하면 좋을까 고민하던 중 쓰러졌는데 이것을 기회라고 여겼다. 통증이 조금이라도 가신다 싶으면 누운 채 노트북을 손에 들었다. 이를 악물고 쓴 덕에 가까스로 출판사에 소설을 넘길 수 있었다.

단편소설을 완성할 무렵 허리 통증이 훨씬 나아졌다. 동생 결혼식에 참석한 후로는 카페로 복귀할 수 있었다. 이후 한숨 놓았구나 싶었을 때, 또 한 통의 청천벽력 같은 전화가 왔다. 이전에 해둔 장편소설의 계약을 파기하자는 연락이었다. 계약금을 돌려줬으면 좋겠다는 말에 나는 눈앞이 컴컴해졌다.

《홈즈가 보낸 편지》 이후 다시 한 번 기대해본 작품이었다. 내 인생의 로또가 될 거라고 여긴 소설이었다. 작가 인생의 전환점이 될 거라고, 이 소설로 지금껏 그토록 바라던 카페를 낼 수 있을 거라고, 조금이나마 인세로 한숨을 돌리지 않을까 여겼다. 그런데 오랜 기다림의 결과가 계약파기라니, 게다가 2년 전 받은 계약금을 돌려달라니.

나는 거의 이성을 잃었다. 전화 너머 상대에게 "알았다. 그럼 이제 이 소설은 내 거다"라고 말한 후 권리를 양도받았다. 퇴근하자마자 집에 들어와 소설을 대충 훑어본 후 프롤로그를 지워버렸다. A4 반 장 정도로 줄거리를 정리한 후 표지를 만들고, 가장 위에 이렇게 적었다.

세계문학상 공모작

그게 바로 훗날 12회 세계문학상 수상작이 되는《붉은 소파》였다.

공모전에 출품하면서도 수상에 대한 기대는 없었다.《붉은 소파》는 본격 추리소설이었다. 사진작가인 주인공이 살인사건을 해결하는 연작 추리 장편소설. 내가 알기로 문학상은 그런 소설에 상을 주는 일이 없었다. 그래서 나는 막연히 최종심이라도 나오면 계약 파기가 없던 일이 되지 않을까, 계약 파기가 되더라도 다른 곳과 출간이 쉬워지지 않을까, 그 정도만 간절히 바라고 있었다.

하지만 기적이 일어났다. 나는 세계문학상을 탔고, 문제의 책을 출간했으며, 오천만 원의 상금도 받은 것이다.

출간 후 가장 먼저 떠올린 것은 생활고 해결이었다. 더는 돈을 꾸지 않아도 생활이 가능했다. 아픈 몸을 다스릴 틈도 생겼다.

태어나서 처음, 아무 걱정 없이 놀았다.

그해 내내, 어딜 가도 늘 대접받았다.

그렇게 많이, 자주 작가라고 불렸다.

얼굴이 팔린다는 게 어떤 의미인지 처음 알았다. 그리고 이런 얼굴이 팔리는 일은 내가 자주 가던 카페 홈즈에서도 일어나고 말았다.

수상 후 출간 준비로 분주한 나날을 보내다가 거의 반 년 만에 카페 홈즈를 찾은 날이었다. 사장님이 나와 눈을 마주치더니 "어라?"하는 표정을 지었다. 뭔가 알아본 것 같았다.

나는 에이 설마, 하면서 평소처럼 커피를 시켰다. 그런데 커피를 갖다 주는 사장님의 느낌이 여전히 이상했다. 그래서 나는 요즘 들어 여기저기서 인사하고 다니느라 좀 뻔뻔해졌겠다, 사장님에게 먼저 다가갔다. 매우 쑥스러운 표정으로 “저 혹시 아실지 모르겠는데 《붉은 소파》라는 소설을 쓴 조영주라고 합니다”라고 말하고 구십 도 직각으로 몸을 굽혀 인사했다.

인사치레로 한 말이 아니었다. 나는 정말 사장님이 날 모를 거라고 생각했다. 카페 홈즈에는 수많은 소설가들이 왔다 갔다. 그들에 비하면 나는 아무것도 아니었다. 이제 막 이름이 아주 조금 알려진 작가일 뿐이었다. 그런 내게 사장님은 말했다.

“《붉은 소파》 읽었어요! 사인해 주세요!”

나는 잊지 못한다. “다른 책도 다 있어요!”라고 말한 순간 얼마나 기뻤는지, 행복했는지. 그리고 조금 후회하기도 했다. 왜 더 빨리 인사하지 못했을까, 하고.

사장님이 날 알아본 게 어지간히 기뻤나 보다.

카페 홈즈에서 정체를 밝힌 후, 나는 이곳을 내 아지트처럼 사용하게 됐다. 일단 어디서 인터뷰 요청이 왔다 하면 무조건 카페 홈즈에서 만나자고 했고, 아는 작가님이 날 찾아도 무조건 카페 홈즈에 있다고 말했다.

카페 홈즈의 단골은 나뿐이 아니었다. 작가 김탁환은 이곳에서 세월호를 다룬 문제작 《거짓말이다》의 퇴고를 보았고, 세계적 명감독으로 거듭난 봉준호 감독 역시 이곳에서 자주 노트북을 들여다봤다.

소설의 영감을 주는 카페 홈즈

나는 사람을 잘 알아보지 못한다. 이른바 안면인식장애라는 병이다. 내가 이 병이 있고 그 증세가 상당히 심각한 수준이라는 것을 깨달은 것은, 누가 알려줘서다. 스물아홉 살, 장충동 카페에서 일할 무렵의 일이다.

당시 사귀던 남자친구가 카페가 끝날 무렵 배웅을 왔다. 나는 퇴근해서 동료, 남자친구와 함께 길을 걷다가 중간에 동료와 헤어졌다. 이후 남자친구와 알콩달콩한 대화를 하며 당시엔 있었던 동대문운동장 방향으로 걸어갔다.

평범한 날이었다. 딱히 특별할 것 없는 하루.

그런데 다음 날 출근했더니 동료가 입이 댓 발은 튀어나와 있었다. "남자가 그렇게 좋아?" 왜 자신을 아는 척하지 않았느냐는 말이었다. 무슨 이야기인가 자세히 물어보니, 중간에 헤어졌다가 자신도 동대문운동장 쪽에 볼 일이 있는 게 생각나 우릴 쫓아왔단다. 그러면서 나와 눈을 마주치고 말도 걸었는데, 내가 자신을 빤히 쳐다보면서 무시했다는 거다. 너무 기가 막혀서 뭐라고 하지도 못하는 사이 나는 남자친구와 사라졌고, 자신은 배신감에 치를 떨었다고.

나는 그 말에 대답했다.

"그때 누가 말을 시키긴 했는데, 그게 너였어?"

이 말에 동료가 지은 표정을 아직도 기억한다. 그 다음에 한 말 "언니, 병원 가봐." 역시.

이후 몇 번이고 비슷한 일이 일어났다. 방금 전까지 눈을 마주치며 대화를 나누던 친구를 고개를 돌린 사이 못 알아보는가 하면, 길을 가다가 가족을 못 알아보는 일도 일어났다.

그런 내가 사람을 못 알아보는 일은 카페 홈즈에서도 일어났다.

정체를 밝히고 카페 홈즈에 드나든 후 얼마 지나지 않아 나는 《다락방의 미친 여자들》이라는 책에 빠졌다. SNS에서 어떤 사람이 "이 책을 읽은 사람이 국내에서 손꼽을 정도다"라고 말한 것에 흥미를 느꼈다. 이후 정독도서관에서 이 책을 빌렸다. 일주일 안에 독파할 생각으로 카페 홈즈를 매일 찾아 한 챕터씩 꼬박꼬박 필사하며 공부했다.

그러자니 카페 홈즈의 단골이 서서히 눈에 들어왔다. 누가 어떤 시각에 오고 가는지, 어떤 손님이 자주 오는지 하는 그런 것 말이다. 특히 한 중년 남자 손님은 참 대단하다 싶을 정도로 나보다 더 자주 카페 홈즈에 오는 것 같았다.

이 중년 남자는 아침에 와서 커피를 다섯 잔 사가는가 싶더니 오후에 또 와서 한참을 반대편 자리에 앉아 멍청히 노트북을 들여다봤다. 그러다 갔나 했더니만 저녁이 되자 다른 사람들을 데리고 왔다.

나는 이 중년 남자를 토토로라고 부르기로 했다. 머리를 산발하고 수염을 좀 기르고 배가 나온, 어딘지 모르게 토토로를 연상시키는 이목구비였기 때문이다. 그런 남자가 어느 날엔 자신만큼이나 독특한 남자와 함께 나타났다. 머리가 꽤 길고 머리엔 빵모자를 쓴 연배가 지긋한 로맨스 그레이였다.

그런가 보다 하고 나는 계속 책에 고개를 파묻었다. 한참을 그렇게 들여다보는데 웬일로 토토로의 목소리가 꽤 크게 났다.

별일이다 싶었다. 저 사람은 나만큼이나 이곳에서 거의

말을 하지 않았다. 대화라고 해봤자 사장님이랑 몇 마디 나누는 정도였기에 목소리를 들은 것도 거의 처음이었다.

게다가 그렇게 나누는 대화의 내용에 뭔가 낯익은 이름이 섞여 나오고 있었다.

"……준호야."

"창동…… 감독."

내가 지금 뭔가 잘못 들었나 싶어 책에 파묻고 있던 고개를 벌떡 들었다. 고개를 획 돌렸다가 토토로와 눈이 마주쳤다.

마침 그때 토토로는 뭔가 이야기를 한참 하고 있었고, 그런 토토로에게 다시 한 번 반대편에 앉은 로맨스 그레이가 "준호야"라고 말하는 순간, 저 토토로의 정체를 깨달아버렸다.

세상에, 봉준호 감독이다!

그때까지만 해도 덥수룩한 인상의 토토로로만 보이던 봉준호 감독의 얼굴에서 갑자기 후광이 나는 것 같았다. 그리고 반대편에 앉은 로맨스 그레이, 아마도 이창동 감독인 그 사람 역시.

그렇다면 나는 지금껏, 매일 봉준호 감독과 한 공간에 있었던 건가? 세상에!

마음 같아선 당장 사인을 받고 싶었다. 내가 〈살인의 추억〉을 얼마나 좋아했는지, 그 영화를 보고 시나리오도 몇 번이고 읽은 후에, 〈흰 바람벽이 있어〉라는 시나리오를 써서 좋은 결과를 얻었고, 이후 그걸 평생의 역작으로 남기겠다며 아직도 쓰고 있다는 이야기를 하고 싶었다. 하지만 전에도 말했다시피, 나는 보기보다 낯을 가렸기에 그저 바라볼 뿐이었다. 손으로는 핸드폰을 들고 '봉준호' '봉준호 감독' '봉준호 감독 결혼' 등을 검색하면서.

이후 이때의 경험을 한 편의 소설로 적어 내렸다. 한 명의 남자가 카페 홈즈에 매일 오는 이야기, 그곳에서 우연히 매일 보는 여자에게 관심을 보이는 이야기를, 마침내는 크리스마스에 그 여자랑 함께 있기 위해 안달을 내는 이야기를.

이 소설의 제목은 〈투명인간의 크리스마스〉다.

소설: 투명 인간의 크리스마스

예수가 이 세상에 왔을 때, 아마 이 세 가지만큼은 예상치 못했을 것이다. 첫째, 크리스마스의 상징이 산타클로스가 되리란 것, 둘째, 크리스마스이브가 연인들의 날이 되리란 것. 셋째, 나라는 남자가 정확히 이브를 일주일 앞둔 날 한 여자를 사랑하게 되리란 것을.

내가 처음 그녀를 봤을 때, 그녀는 책장에 꽂힌 책처럼 나른한 표정을 짓고 있었다. 책장을 넘길 때마다 글자를 알알이 검지로 쓸어내리는 동작에는 하나의 단어로 표현할 수 없는 우아함이 서려 있었다.

그녀는 나라는 사람이 매일 같은 시각 카페 홈즈에 간다는 사실은 모르는 듯했다. 그게 아니라면 카운터를 사이에 두고 정확히 직선을 그은 위치에 앉은 내가 이렇듯 뚫어져라 그녀를 쳐다보건만 왜 몰라준단 말인가. 나는 내 존재를 눈치 채지 못하는 그녀가 야속해 목표를 정했다. 앞으로 일주일간 매일 같은 시각 카페 홈즈로 가서, 그녀의 눈에 띄어, 마침내는 크리스마스이브에 고백을 하고야 말겠다고.

누군가 들으면 별 쓸데없는 짓을 다 한다고 말하리라. 그렇게 복잡한 수를 궁리하느니 차라리 말을 시키라고, 관심 있어요, 전화번호 좀 주세요라고 말하라고. 하지만 살다 보면 나 같은 사람도 있는 법이다. 소심하다 못해 존재감 자체가 사라져버린 사람 말이다.

언젠가부터 사람들은 나를 못 알아봤다. 예를 들어, 버스에 탈 때 내가 자리에 앉아 있다. 그런데 꼭 사람들은 내 무릎 위에 주저앉아 버린다. 자신의 엉덩이가 나의 무릎에 닿고 나서야 깜짝 놀라 벌떡 일어난다. 두 눈 시뻘겋게 뜨고 자신을 노려보는 나를 발견하고는 "미안합니다" 같은 사과가 아니라 "세상에나!" 같은 감탄사를 내뱉으며 비켜버린다. 지금 핸드폰으로 이 글을 보며 그게 말이 되느냐고 말하는 사람이 있을 거다. 그렇다면 나는 그 몇 사람들에게 말해주겠다. 당신들이 바로 그, 내 무릎에 앉는 사람이 될 것이다. 나를 못 알아보는 사람들이다, 라고.

첫째 날, 나는 그녀가 앉는 자리에서 정확히 대각선 방향의 테이블에 앉았다. 유일하게 내 존재를 잘 알아채는, 아마도 매상에 직결되니까 미소를 지어주는 게 분명한 카페 주인에게 주문을 했다.

"아~이~스~아~메~리~카~노~요~얼~음~많~이~."

이건, 내가 낼 수 있는 가장 크고 쩌렁쩌렁한 목소리였다.

한겨울에 아이스 아메리카노를 시킨 까닭이야 간단했다. 그 사실이 희한해서 그녀가 날 쳐다볼 수도 있으니까. 게다가 아이스 아메리카노는 단어도 길고.

나의 큰 목소리에 한 번쯤 그녀가 고개를 들 줄 알았다. 버스에서 내 무릎에 앉고도 도통 눈치를 못 채는 인간한테도 큰 목소리를 내면, 깜짝 놀라 벌떡 일어나기 일쑤니까. 하지만 안타깝게도 그녀는 내가 큰 소리를 내도 눈길 한 번 주지 않았다. 주변의 작은 테이블에 듬성듬성 놓인 스탠드 불빛처럼 앉은 드문드문한 사람들이 빠딱 하고 고개를 들어 날 한 번 쳐다볼 동안, 그녀의 고개는 삐딱하게 책을 들여다보느라 정신이 없었다. 나를 전혀 알아채지 못하는 그녀가 어찌나 야속하던지, 이날따라 커피가 엄청나게 썼다.

둘째 날, 나는 그녀의 바로 맞은편 테이블에 앉았다. 역시 큰 목소리로 주문을 했다. 괜한 커피잔을 들었다 놨다 하면서 끊임없이 재채기를 반복했다. 아무 소용없었다. 이번에도 그녀는 어제와 꼭 같은 자세로 앉아 책을 들여다볼 뿐이었다.

셋째 날, 휴대폰 플래시를 켠 채 카페 내부를 마구 동영상으로 찍어냈다. 심지어 그녀의 얼굴을 대놓고 찍기까지 했다. 플래시 불빛은 그럴 듯하게 그녀의 눈을 제대로 직격했다. 평상시 같으면 일백 퍼센트 한마디 날아올 순간이었으나 그녀는 무반응, 심지어 눈살을 찌푸리지도 않았다. 애꿎은 핸드폰만 배터리가 다 닳아 혼자 꺼져버렸다.

아니, 이거 2016 촛불집회 때도 사용한 플래시인데 이게 안 먹히나?

아니, 초상권 문제라도 거론해야 하지 않나?

아니, 같은 테이블에 앉은 사람이 이렇게까지 까불어대면 한마디쯤은 해도 좋을 것 같은데 대체 왜?

허탈한 마음에 집으로 돌아가는 길 내내, 나는 손이 심심해 어쩔 줄 몰라 했다. 버스에서건 지하철에건 늘 핸드폰을 들고 만지작거렸다. 그런데 그게 없다니. 하는 수 없이 차창 밖 경치를 보며 노래를 불렀다. 왠지 모르게 오늘따라 이제는 명곡의 반열에 올라버린 패닉의 〈달팽이〉를 흥얼거리고 싶었다.

언젠가 먼 훗날에 저 넓고 거칠은 세상 끝 바다로 갈 거라고.

나는 바다 말고 그녀의 마음으로 좀 가고 싶다.

나흘 째, 어제의 대참패를 겪고 나니 좀 귀찮아졌다. 에라 모르겠다 하고 그냥 카페 홈즈에 갔다. 그녀와 같은 테이블에 앉지 않고, 평소 내가 즐겨 찾는 자리인 카운터 건너편 직선 거리에 앉기로 했다. 대신, 어느 때보다 자세히 그녀의 얼굴을 관찰했다.

그녀가 의자에 쭈그리고 앉는다. 무릎에 책을 올린다. 초콜릿 가게에 들러 줄줄이 진열된 초콜릿 중 무엇이 맛있을까 고민하는 듯한 표정으로 글자를 훑는다. 나는, 새삼 그녀에게 반해버린다. 자기도 모르게 잘근잘근 아랫입술을 윗니로 깨무는 것도, 가끔 뭔가가 생각났다는 듯 손으로 단발머리의 끄트머리를 꼼지락거리는 것도. 갑자기 졸음이 쏟아지는지 하품을 하다가 제풀에 놀라서는 한손으로 입을 가리는 것도, 그저 흥미롭기만 하다. 하지만 가장 흥미로운 건 단연 그녀의 표정이었다. 화가 났다. 웃었다. 뭔가 이상하다. 무섭다. 흥분한다. 감동한다. 울먹인다. 그녀의 표정엔 그 책이 있었다.

나는 잠시 생각에 잠겼다.

언제 마지막으로 책을 읽었더라.

아무리 떠올리려 해도 기억나지 않았다.

닷새째, 나는 다시 오후 두 시가 되자마자 카페로 향했다. 그런데 이변이 일어났다. 붙박이처럼 같은 자리에서 책을 읽던 그녀가 그 자리에 없었다. 주인장에게 커피를 주문하며 그녀의 행방을 묻고 싶은 걸 가까스로 참았다. 어쩌면 무슨 일이 있어 좀 늦는 걸 수도 있겠다고 생각했으나 결국 그날, 그녀는 나타나지 않았다.

엿새째도 마찬가지, 이번에도 그녀의 자리는 비어 있었다.

지금껏 살아오며 내 존재감이 잊힌 건 한두 번이 아니었다. 나라는 사람을 없는 사람 취급하는 타인들 사이사이 내가 여기 있다고 몇 번이고 말하다 결국 포기하기 일쑤, 짝사랑이야 당연한 거였고, 지금처럼 내 존재 자체를 깨닫지 못하는 여자도 많았다. 그런데 이날 밤, 나는 태어나서 처음 알아버렸다. 잠들지 못할 정도로 날 괴롭게 만드는 사랑스러운 여자가 이 세상에 존재한다는 사실을.

대체 왜 이렇게까지 그녀가 신경이 쓰이는 걸까.

나는 그 까닭을 곰곰이 따지다가 꿈결 같은 기억 하나를 떠올리는 데 성공했다.

일주일 전, 그녀를 처음 봤을 때의 일이다. 그날 나는 마시던 커피를 바지에 흘렸다. 물수건이나 티슈로 대충 닦으려 했으나 소용없었다. 이건 물빨래를 해야 지워질 수준이라 사타구니가 커피색으로 물들어 "저거 저거 오줌 쌌네" 소리를 듣게 생겼기에, 나는 어쩔 수 없이 2층까지 올라가야 했다. 카페 홈즈의 남자 화장실은 복도 2층 코너에 있는데 건물 전체가 공용으로 사용하는 곳이기에 피치 못할 선택이었다. 화장실에서 큰일 보는 것보다 더 오랜 시간을 소모한 후 카페 홈즈로 돌아왔을 무렵, 내 테이블은 깨끗하게 정리돼 있었다. 게다가 주인장이 새 커피를 쟁반에 받쳐 내 테이블로 다가오고 있었다. 이것이 진정한 단골 서비스인가 생각하며 "고맙습니다"라고 짤막하게 말했다. 그러고는 다시 핸드폰을 들여다보려는데 주인장이 말했다.

"저쪽에 앉은 손님이 내주시는 거예요. 손님 핸드폰이랑 테이블도 함께 치워주셨고."

나는 그 말에 좀 놀라 되물었다.

"저기에 사람이 앉아 있습니까?"

"지금껏 모르셨어요?"

주인장은 내 말에 더욱 놀라 말했다.

“손님이 이곳에 앉아 늘 핸드폰을 보시듯 언제나 그 자리에 앉아 책을 읽는 손님이시잖아요.”

그리고 나는 고개를 돌렸다가 그녀를 ‘발견했다’. 카페 홈즈의 붙박이장처럼 그곳에 앉아 있는 그녀의 가지런한 자태를.

이후 그녀에게 호감을 느꼈다. 사랑한다고 생각했기에 이 순간을 까마득히 잊어버렸다. 그런데 이제 그녀의 부재를 겪으니 새삼 알아버렸다. 내가 왜 그녀를 사랑하게 되었는가, 그 까닭을.

내가 그녀를 사랑하게 된 것은 그녀가 책을 보는 모습이 아름답기 때문이 아니라 그녀가 그곳에 있기 때문이었다. 그녀가 나를 알아주고, 내 테이블을 닦아주고, 내게 커피 한 잔을 사줬기 때문이었다.

갑자기 고등학생 시절 교과서에서 읽었던 김춘수의 〈꽃〉이 떠올랐다.

내가 그의 이름을 불러 주었을 때

그는 나에게로 와서

꽃이 되었다.

이제야 알았다.

그녀가 바로 나의 꽃이었다.

마지막 칠 일째, 카페 홈즈로 향하는 길은 온통 평소의 나 같은 투명인간 천지였다. 언젠가부터 나를 비롯한 모두는 손에 든 휴대폰만 보느라 주변을 보지 못하게 되어버렸다. 그녀가 나의 꽃이 된 날도 그랬다. 버스에서 내 무릎에 앉았던 사람의 손에는 휴대폰이 들려 있었고, 그 사람이 무릎에 앉도록 방치한 내 손에도 휴대폰이 들려 있었다. 커피를 쏟는 순간에도 마찬가지였다. 나는 코에 닿을 듯 휴대폰만 들여다보다가 커피 손잡이를 찾지 못해 손등으로 잔을 쳐버렸다. 커피는 쏟아졌고, 아무렇지 않게 내 청바지를 적셨고, 나는 화장실에 갔고, 나의 부재를 눈치 챈 그녀가 다가와 냅킨으로 내 테이블을 닦아주었다. 내 휴대폰 역시 꼼꼼히. 그러고는 커피 한 잔을 샀다.

이날도 그녀는 오지 않았다. 하지만 나는 더 이상 소심해지지 않기로 했다. 용기를 내어 주인장에게 물었다.

"그녀가 읽던 책이 뭡니까?"

주인장은 의미심장한 미소를 지으며 내 등 뒤의 책장을 가리킨다.

"이 카페의 모든 책이요."

나는 놀라 뒤를 돌아본다. 새삼 카페 홈즈에 수많은 책들이 있음을 깨닫는다.

"이 모든 책을 다 읽었다고요?"

"네. 그러니 이제 안 올 거예요. 처음부터 우리 카페의 책을 모두 읽을 때까지만 오겠다고 했던 손님이거든요."

설마 정말 해낼 줄은 몰랐지만.

사장의 덧붙이는 말은 이미 들리지 않았다. 카페 홈즈의 책이 얼마나 되는가를 짐작하느라 머릿속이 복잡했다. 어림잡아 보아도 몇 달 만에 읽을 수 있는 양이 아니었다. 몇 년, 어쩌면 카페 홈즈가 처음 생겼을 때부터 책들을 한 권 두 권 읽어나갔을지도 모른다.

나는 카페 홈즈의 객이 된 지 올해로 2년째다. 그동안 단 한 번도 책을 들여다보지 않았다. 그녀는 이곳에 있었다. 책을 읽었다. 우리는 계속해서 같은 공간에 있었다. 그런데 나는 일주일 전에야 그녀를 깨달았다.

대체 나는 그간, 이곳에서 뭘 한 걸까.

나는 그녀의 부재를 통감하며 결심했다. 크리스마스이브를 맞이해 스스로에게 선물을 주기로.

그 선물의 이름은, 독서.

생각한다, 그녀가 책을 읽던 모습을.

읽기로 한다, 그녀가 읽었다던 모든 책을.

먼 훗날, 그녀가 또다시 이곳을 찾았을 때 그녀와 같은 책을 읽는 나에게 반하길 바라며 나는 깨닫는다.

그녀는 나의 꽃이 아니라, 나의 책이라는 사실을.

소설의 리얼리티란 무엇인가

파트리크 쥐스킨트의 책《깊이에의 강요》는 작가와 그의 삶을 이야기한다. 렌조 미키히코의《회귀천 정사》역시 그러하다. 나는 이 두 권의 책을 보며 생각했다. 작가의 삶은 예술이 되어야 하는가, 아니면 예술이 작가의 삶을 모방해야 하는가.

처음 리얼리티를 지적받은 건 20년 전의 일이다. 문예창작학과를 전공으로 삼아 대학에 들어간 후, 합평 시간마다 학우들에게 같은 소리를 들었다.

"이 소설의 주제는 뭔가?"

"왜 이런 걸 썼는가?"

그때마다 당황했다. 말 그대로 '그냥' 썼기 때문이었다.

그렇게 대답하면 늘 혼이 났다. 주제의식이 없다, 만화 좀 그만 봐라, 왜 생각을 안 하고 쉽게 소설을 쓰냐는 의견이 쏟아졌다. 그때마다 나는 "아, 그렇군요"라고 말하면서도 머릿속으로 '반드시 리얼리티를 만들고야 말 테다' 하고 이를 악물었다.

이 고민은 훗날 집착에 가까운 습관이 된다. 《홈즈가 보낸 편지》를 쓰며 각종 자료를 통해 시대상을 연구할 때도, 《붉은 소파》를 쓰는 내내 소설 속 무대인 압구정과 논현동, 강남 일대를 돌아다니면서도, 스스로에 대한 의심이 끊이지 않았었다. 내가 쓰는 것이 정말 말이 되는가, 오직 그 생각만 머릿속에 가득했다.

이런 상황에서 또 《붉은 소파》의 리얼리티 지적을 받고 말았다. 그렇게 발로 돌아다니며 썼는데도 별점 1점이 달렸다. 만화 《중쇄를 찍자》의 에피소드를 떠올렸다. 어떤 만화에 악평이 많이 달리는 것을 보던 편집자는 작가가 걱정하면 어쩌나 염려한다. 뜻밖에도 작가는 기뻐한다. "그건 내 팬이 아닌 사람도 책을 읽고 있다는 뜻이 아니냐"고 반문하는데, 나는 아무리 생각해도 이 정도 단계까지 가려면 한참 먼 것 같았다. 움츠러들었다. 다시 쓰려고 컴퓨터 앞에 앉으면 의문부터 들었다. 마스다 미리의 책 제목처럼 《지금 이대로 괜찮은 걸까?》 하고 자신에게 물었다. 몇 문장 깨작이다가 마는 일을 반복했다. 서교동에 있던 카페 홈즈가 망원동으로 이사를 간 것은 이즈음의 일이었다.

망원동 카페 홈즈에 가는 방법은 여러 가지다. 그중에서도 가장 좋아하는 길은 합정역 교보문고에서 책을 들춰보다가 나와 망원동으로 느긋하게 걸어가는 산책 코스다. 이다음으로 좋아하는 코스는 메세나폴리스에서 시작한다. 지하 1층의 다양한 가게들을 구경하다가 밖으로 나가 좋아하는 음식점들이 제 자리에 잘 있나 확인한 후 망원동으로 가자면 골목 구석구석 여전한 것들에게 감사하고 만다.

망원역 부근까지 내려가면 망원시장을 통과하는 길과 대로를 따라 쭉 가는 길 두 가지 선택지가 나온다. 그중 내가 좋아하는 길은 망원시장을 통과하는 코스다. 어렸을 때부터 시장 구경을 좋아했다. 수유리, 도봉도서관까지 가는 길에는 작은 재래시장이 몇 개고 있었다. 시장을 기웃거리다가 떡볶이라도 한 접시 사먹자면 그저 기분이 좋았다. 망원시장을 걷다 보면 비슷한 감각이 찾아들었다. 특히 떡볶이와

오뒤김밥 같은 것을 파는 '맛있는 집'이라든가, 시장 입구 양편에 자리 잡고 있는 고로케 집은 매일 들르는 코스였다.

나는 늘 백팩에 노트북을 챙겨 집에서 나왔다. 망원시장을 터덜터덜 건너가다가 고로케 집의 줄이 짧으면 이천 원에 세 개씩 파는 찹쌀고로케를 사서 카페 홈즈로 갔다. 사장님께 고로케를 하나 드리고, 나는 커피를 시켜 고로케와 함께 먹으며 노트북을 켰다. "아아, 오늘도 글이 안 써지네" 하고 혼잣말을 반복하며 이런 일상을 SNS에 올렸다. 그랬더니 소문이 났을까, 언젠가부터 카페 홈즈에 아는 얼굴들이 하나 둘 나타나기 시작했다. 가장 먼저 만난 이는 "나는 어디에나 있습니다"라는 멘트로 유명한 출판계의 '다이소' 정명섭 작가였다. 그 다음으로 만난 이는 나를 추리소설가로 만든 또 다른 장본인인 최혁곤 작가와 카페 홈즈의 오랜 단골 송시우 작가였다.

처음 이들을 우연히 만났을 때는 괜히 두려웠다. 내가 기억하지 못하는 아주 못된 내가 예전에 이들에게 실례되는 일을 했을 거라고, 혼이 날 거라고 생각했다. 이걸 가리켜 피해망상이라고 한다는 것은 조금 더 시간이 지나서 알게 된다. 하지만 이때의 나는 내가 어떤 종류의 피해망상이 있는지 잘 몰랐다. 그리고 그것이 왜 생겼는지 역시.

약간은 겁에 질리고, 글이 안 써져서 위축돼 있었던 나는 간단하게 "안녕하세요" 하고 인사를 하고 테이블에 엎드려 버렸다. 그대로 머리를 박고는 "글 쓰기 싫어" 하고 다시 혼잣말을 중얼거렸다. 이런 내게 정명섭 작가는 말했다.

"카페 홈즈 지박령이네, 지박령."

말이 씨가 된다는 소리가 있다. 이때의 내가 그랬다. 이후 나는 정말 카페 홈즈의 지박령이 된 듯 매일 카페 홈즈를 오고 갔다.

처음에는 아는 얼굴들을 볼 때마다 겁이 났지만 점점 그런 일에 익숙해졌다. 세상에 이유 없이 날 싫어할 사람은 없다고, 무언가 날 싫어해도 오해일 거라고 스스로 설득하며 먼저 말을 붙이고 인사하는 일이 익숙해지면서 나는 다시 조금씩 소설을 쓸 수 있게 되었다. 그리고 그해 가을, 오랜만에 또 한 편의 신작 단편을 써서 블로그에 게재할 수 있었다.

북스피어 출판사 SNS에서 추석 이벤트를 열었다. 미야베 미유키의 에도시대물 중 하나를 골라 이를 단편으로 개작하는 이벤트였다. 나는 망원동 카페 홈즈와 망원시장을 무대로 삼은 이야기를 적어보았다. 이 소설의 제목은 〈우비 남자〉다.

소설의 주인공은 나 자신의 페르소나 윤해환으로 정했다. 처음부터 가벼운 생각으로 적기 시작한 덕에 에세이 같기도 하고 소설 같기도 한 내용이 되었다. 중간중간 카페 홈즈 사장님께 의견을 구하고 피드백을 받을 때마다 바로 고쳤다. 그러다가 문뜩 깨달았다. 내가 주인공이 되는 이야기, 나의 생각과 관점을 있는 그대로 보인다면, 그것이 일종의 리얼리티가 되지 않을까.

소설: 우비 남자

글라인더에 원두를 가는 일은, 왼손에 든 2구짜리 철제 드리퍼에 봉긋 솟아오를 만한 양의 커피 원두를 담고 오른손에 든 템퍼로 수평을 맞추는 일은, 에스프레소 머신에 철제 드리퍼를 꽂고 알맞은 속도로 줄기가 가는 에스프레소를 내리는 일은, 여전히 어렵다. 특히 매일 오는 단골 앞이라면, 30평가량 40석 테이블 그 어디에도 앉지 않고 꼭 긴 카운터에 딸랑 두 개 놓인 진녹색 스툴 중 한 군데에 앉는 손님 앞이라면, 더더욱 긴장하게 마련이다.

"주문하신 음료 나왔습니다."

손님에게 에스프레소 도피오를 내며 나직하게 말한다. 손님은 도피오 잔을 받는다. 바로 마시지는 않는다. 그냥 두고 시큰둥한 표정으로 팔짱을 끼고 눈을 감은 자세를 유지한다. 이 손님은 나의 대답 여부에 따라 오늘 커피를 마실지 말지 결정하리라.

나는 지금 카페 홈즈의 주방에 서 있다. 그리고 눈앞의 손님은, 얼결에 카페 홈즈의 추석 연휴에 대타로 나선 나의 첫 번째 손님이자, 매일 오면서도 절대 커피는 마시지 않고 가는 단골이다.

"결정하셨습니까."

손님은 나흘째, 나에게 한 가지 제안을 하고 있다.

"오늘이 마지막 날입니다."

*

카페 홈즈에 갈 때 부러 골목길을 택하곤 한다. 망원역 2번 출구에서 나와 골목을 끼고 돌아 망원시장을 통과하면 시간은 조금 더 걸려도 눈이 즐겁다. 이것저것 주전부리를 보며 아, 이따가 집에 갈 때 저것도 좀 사고 이것도 좀 사고…… 하는 생각을 하자면 어느덧 카페 홈즈가 보이는 일에 익숙해졌달까. 그렇게 가다 보면 마지막에 고로케 가게가 나온다.

카페 홈즈에서 나와 왼쪽으로 스무 걸음쯤 걸으면 보이는 횡단보도를 건너 고로케 가게 두 곳이 나란히 마주보고 있다. 개당 500원밖에 하지 않는 고로케에 군침이 넘어가지 않는 사람은 거의 없다. 500원짜리 동전 한 개라는 파격적인 가격은 언제 어느 때고 흥미로운 것이다. 물론 나는 공평한 인간이니까 양쪽 가게의 고로케를 골고루 다 먹어보기로 했다. 한 달여 동안 오른쪽 가게의 모든 고로케와 핫도그와 도너츠를 제패한 후, 왼쪽 가게로 향했다. 이쪽은 어찌된 노릇인지 늘 줄이 없었다. 그 원인도 파악하고 싶었다. 크림치즈 고로케와 단호박 고로케에 이어 이번엔 피자고로케를 두 개 살 마음으로 지갑에서 이천 원을 꺼냈다. 그런데 이날, 기다려야 했다. 이 한산한 가게에 웬일로 나보다 먼저 온 손님이 있었다.

비가 온다는 예보도 없었고, 낮에 비가 온 일도 없었다. 그런데 남자는 검푸른 색 같기도 하고 녹색 빛을 띠는 것 같기도 한 우비에 비슷한 색깔의 장화를 신고 있었다. 장화는 축축이 젖어 있었다. 나는 남자가 아마도 왔을 발자국을 눈으로 좇았다. 방금 전까지 비를 맞은 듯 망원시장을 따라 걸어온 남자의 발자국은 사람들 사이에서도 뚜렷하게 물기를 띤 어두운 색으로 빛나고 있었다. 나는 왜 저렇게 남자의 발이 비에 젖었을까 머리를 갸웃거리며 그 뒤에 줄을 서서 고민하다가 깨달았다. 망원시장에는 생선가게도 몇 군데 있다. 아무래도 이 남자는 그중 한 곳에서 온 것이 아닐까. 그렇게 생각한다면 우비를 입은 것도, 장화를 신은 것도 이상하다고 할 정도 수준의 일은 아니었다.

나는 남자가 어서 고로케를 골라 자리를 뜨길 바랐다. 하지만 남자는 주문을 받는 남자, 아마도 사장으로 보이는, 언제나 어두운 안색의 40대 남자와 나직한 목소리로 대화에 골몰하고 있었다. 거래, 연봉, 나쁘지 않은 조건 같은 말이 나오는 걸로 봐서 개당 500원짜리 고로케를 두고 하는 이야기는 아닌 것 같았다. 사장 같은 40대 남자는 마뜩찮은 표정이었다. 평소와 다름없이 붉은 티셔츠에 검은 앞치마를 차고 머리에도 마찬가지로 검은 두건을 쓴 40대 남자는 생각해 보겠다, 알았다는 말만 반복하며 남자를 쫓으려는 기색이 역력했다. 나는 대체 저 남자가 무슨 이야길 하기에 저런 표정을 짓는 건가, 그보다 내가 여기 서 있는 게 보이면 고로케 좀 팔아주지, 같은 생각을 하며 우비를 입은 남자가 한시라도 빨리 자리를 뜨길 바랐다.

우비를 입은 남자의 등 뒤에 서 있는 사이, 왠지 모르게 자꾸 몸이 으스스해졌다. 몸이 안 좋긴 했다. 환절기라고 해도 하루는 30도였다가 다음 날은 17도까지 떨어졌다.

면역력이 엉망인 나 같은 타입에게는 취약이었다. 결국 코가 간질간질하더니 나도 모르게 정확한 발음 에이치! 소리를 내며 새채기를 했다. 40대의 사장도, 우비 남자도 내 재채기로 정신이 든 것 같았다. 서로에게서 시선을 떼서 거의 동시에 나를 보며 언제부터 그곳에 있었냐는 표정을 짓더니 우비 사내는 슬그머니 옆으로 피했고, 40대 사장은 내게 뭘 드릴까요 하고 물었다.

나는 처음부터 정하고 온 피자 고로케 두 개를 종이봉투에 받아들었다. 그러는 사이에도 여전히 우비 남자는 그곳에 서 있었다. 이유를 알 수 없는 불안감에 40대 사장이 그 남자와 계속 대화하게 하면 안 될 것 같다는 생각이 들어 계산을 하며 머뭇거렸더니, 40대 사장이 말을 섞어왔다.

"뭐 더 드려요?"

오늘의 고로케는 피자로 정했다. 이미 샀다. 게다가 핸드폰 액정의 시계를 흘낏 봤더니, 벌써 일곱 시 이십 분, 서두르지 않으면 미스터리 나잇의 시작을 놓칠 수 있었다. 카페 홈즈에서는 한 달에 한 번 마지막 주 금요일에 상영회를 개최한다. 오늘 볼 영화는, 정확히 말하자면 드라마지만, 〈셜록〉 시즌4 3화였다. 나는 아직 〈셜록〉 시즌4를 전혀 보지 않았기에 놓치고 싶지 않았다.

나는 영 찝찝해 하며 40대 사장과 우비 남자를 그대로 둔 채 다시 카페 홈즈로 향했다. 하지만 왠지 신경이 쓰여 횡단보도에서 신호가 바뀌길 기다리며 자꾸 우비 남자를 흘깃거렸다. 초록색으로 신호가 바뀌고 횡단보도를 건너 카페 홈즈로 갈 동안, 여전히 두 남자는 심각한 대화를 계속하고 있었다. 그 모습을 물끄러미 바라보다 나는 한 가지 사실을 깨달았다. 우비 남자가 그곳에 서 있는 사이, 반대편 고로케 가게의 줄은 끝도 없이 길어지고 있었다.

퇴근 시간이었다. 금요일 저녁이라 시장은 사람이 득시글하다. 이 시각이 되면 두 고로케 가게는 모두 붐빈다. 그런데 어찌된 까닭인지 40대 남자의 가게에는 아무도 가지 않았다. 그쪽으로 가려 하던 사람들도 가까이 다가가다가 멈칫, 하고는 양손으로 몸을 쓰다듬거나 하다가 "춥네"라고 말하며 반대편 가게에 가서 길게 줄을 서는 것이었다. 나는 사람들의 그 태도에서 방금 전 느꼈던, 이유를 알 수 없는 한기를 떠올렸다. 어쩌면 그 우비 남자가 풍기는 묘한 기운이 사람들의 발길을 끊고 있는 것은 아닐까.

이 사실을 40대 사장에게 알려야 하는 것은 아닌가 하는 생각을 잠시 했으나, 신호는 바뀌었고, 카페 홈즈의 미스터리 나잇은 시작할 것이었고, 나는 그 정도로 40대 사장과 친하지는 않았기에 그대로 카페 홈즈로 향한 것이었다.

그렇기에 나는 알지 못했다.

이 순간, 횡단보도를 건너는 나의 뒷모습을 그 우비 남자가 눈으로 좇고 있었다는 사실을.

미스터리 나잇은 실패했다. 상영회가 끝날 무렵 한 명 더 손님이 들어오긴 했으나 그게 인원의 끝, 고작 다섯 명만 영화를 봤다. 이렇게 손님이 없어도 되는 건가, 내가 매일 갈 곳이 사라지면 나는 어디에서 어떻게 방황해야 하는가 싶은 생각에 나도 모르게 뭔가 해야겠다는 생각이 들었다. 그리하여 한 말이 추석 연휴 무료 봉사였다.

15년간 바리스타로 일했다. 건강상의 문제로 일을 그만두었으나 지난 6월까지 일했던 손의 감각은 아직 몸에 남아 있었다. 게다가 두 달 가까이 매일 카페 홈즈에 출근했기에 어디에 무엇이 있고 어떻게 하면 될지 막연히 알 것 같았다.

사장은 평소와 마찬가지로 웃었다. 내가 엉뚱한 제안이나 특이한 일을 벌이면 일단 사장은 웃었다. 예전에 처음 나타나서 터덜터덜 나가 검은 봉지에 꽈배기를 사온 날도 그랬다. 나는 커피를 홀짝이며 뭔가에 홀린 듯 노트북 키보드를 두드리다가 갑자기 말했다. 핫도그 드실래요? 그래놓고는 가서 핫도그 사는 김에 겸사겸사 이천 원에 세 개짜리 찹쌀 꽈배기도 사와서 나눠먹었다. 앞으로 이 가게서 파는 고로케를 하나하나 다 사먹어 봅시다, 라고 말하며.

아, 그러고 보니 그 우비 남자는 어떻게 됐을까.

환하게 불을 밝힌 고로케 가게 앞에 홀로 서 있던 우비 남자, 혼자 축축한 냉기를 피우던 그 남자는 아직도 그곳에서 있을지 상상하는 사이, 사장의 대답이 돌아왔다.

"그러죠, 뭐."

흔쾌한 대답에 나는 우비 남자를 다시 머릿속에서 몰아냈다. 구체적으로 몇 시부터 몇 시까지 영업을 할지, 어떤 식으로 업무 보고를 할지를 간단하게 정리한 후 예행연습 삼아 함께 문을 닫았다. 어디의 문을 어떻게 잠그고, 머신 청소는 어떻게 하는지 꼼꼼하게 정리하고 외우기 어려운 부분은 핸드폰 카메라로 사진을 찍어 남겼다. 사장은 먼저 내려가 1층에서 기다리기로 하고, 나 혼자 문을 잠가보기로 했다. 무엇이든 예행연습이 중요한 법이니까. 나는 마감 점검을 두 번 체크한 후 2층 현관문을 닫고 계단으로 향했다. 그런데 오늘따라 왠지 모르게 계단이 무서웠다.

카페 홈즈의 계난은 약긴 기파르다. 좌우로 철제 보조봉도 달려 있다. 나는 살짝 고소공포증이 있고 불안하거나 긴장할 때면 더 심해지기에 봉을 잡고 한 걸음 한 걸음 내려갔다. 별것 아니라고 스스로를 도닥여줬다. 실제로도 그렇다. 시간으로 따지면 빠르면 30초, 길어야 1분, 1층에 내려가 현관문을 열면, 그곳엔 카페 홈즈의 사장이 서 있을 것이다. 제대로 마감을 했나 확인하려고 우리는 다시 한 번 이 계단을 올라갈 것이고, 확인을 한 후 나설 것이다.

그런데 뭔가 이상했다. 계단을 한 걸음, 한 걸음 내려갈수록 냉기가 강해졌다. 1층에 가까워질수록 섬뜩해지던 기운은 마침내 문을 열려고 하는 순간, 최고조에 올랐다. 그제야 나는 기이한 사실을 한 가지 깨달았다. 눈앞의 갈색 철문 너머 보이는 것은 사장의 얼굴이 아니라 어둠 그 자체라는 것을.

카페 홈즈의 1층 철문 앞에는 알전구가 달린 조명이 천장에 달려 있다. 계단을 내려가는 길은 당연히 밝다. 또, 문에는 유리가 끼워져 있어 바깥의 불빛도 어슴푸레 들어온다.

그런데 이날은 달랐다. 어찌된 까닭인지 밖이 어두웠다. 천장의 조명에도 불구하고 밖에서는 아무런 빛도 들어오지 않았다. 정확히 말하자면 그건 어둡다는 감각과는 달랐다. 검푸른 심해와 같은 짙은 어둠이 문 너머에 서 있었다.

하악 하악.

그 순간 문 너머에서 숨소리가 났다. 나는 그제야 깨달았다. 그것은 어둠이 아니라 사람의 형체를 이룬 어떤 것이라는 것을.

그것은 '서 있었다'.

나는 계단을 두 칸쯤 남기고 그대로 멈춰 섰다. 문 너머 선 어둠과 눈을 마주쳤다. 그제야 나는 알았다. 그것은 고로케 가게 앞에 서 있던 우비 남자였다. 그 축축한 냉기를 띤 남자가, 지금 문 앞에 서서 나를 가만히 바라보고 있었다.

하지만 왜?

왜 날 바라보고 있지?

나는 마른침을 삼켰다. 아무리 생각해도 그 남자가 그곳에 서 있는 까닭을 이해할 수 없었다. 왜 저렇게 날 노려보고 있는지, 아니 그것보다 카페 홈즈 사장은 대체 어디로 갔단 말인가?

방금 전까지 우리는 마감을 준비하고 있었다. 함께 카페 홈즈의 마감을 연습하고 나섰다. 분명 1층 현관문 앞에서 기다리기로 했다. 그런데 왜 사장은 없고 저 남자가 저곳에서 있단 말인가.

뭔가 이상했다. 잘못되고 있었다.

나도 모르게 뒷걸음질 쳤다. 위로 올라가야 할 것 같으면서도 마음 한 구석으로는 카페 홈즈 사장의 안전이 염려됐다. 남자는 어딘지 모르게 위험했다. 도망쳐야 했다. 하지만 그럼 사장은? 내가 어쩔 줄 몰라 한 걸음 더 뒤로 물러서야 하나 생각하며 한쪽 발을 드는 순간, 그런 내 행동이 원인이라도 된 듯 갑자기 갈색 철문이 열렸다.

히이익!

나도 모르게 비명을 지르며 그대로 주저앉았다. 눈을 질끈 감았다. 그 남자가 무슨 짓을 할지는 알 수 없었다. 하지만 내 본능은 그것을 피해야 한다고 말하고 있었다.

"작가님, 왜 그래요?"

그런데 내게 돌아온 것은 따뜻한 손이었다. 누군가 내 어깨에 손을 올리고 걱정 어린 목소리를 내고 있었다. 천천히 눈을 뜨니 사장이 눈을 동그랗게 뜨고 나를 바라보고 있었다. 굉장히 놀랐는지 평소와 다르게 내 몸을 흔들어 깨우는 탓에 귀 밑으로 조금 내려오는 사장의 숏컷 역시 함께 찰랑거리고 있었다. 나는 그런 사장의 어깨 너머 철문에 시선을 고정했다. 그곳에 방금 전까지 서 있던 우비 남자는 사라지고 없었다. 밖은 다시 원래의 거리로 돌아왔다. 좁은 2차선 도로 너머 보이는 반대편 풍경도, 왁자지껄한 사람들의 웃음소리도 평소와 변함이 없었다.

그건 뭐였을까.

의아함은 머릿속에 남아 있었다. 하지만 나보다 더 걱정스러운 표정을 짓는 사장을 보자니 이렇게 말할 수밖에 없었다.

"헛, 헛것을 봤나 봐요."

"정말 괜찮겠어요? 집에 갈 수 있어요?"

"괜찮아요."

나는 애써 웃으며 카페 홈즈를 나섰다. 사장은 망원역까지 나를 바래다주며 몇 번이고 괜찮으냐, 몸이 안 좋으면 지금이라도 연휴에 혼자 가게를 보겠다는 건 취소하자고 도닥여줬으나 나는 꿋꿋하게 괜찮다고 말했다. 15년간 바리스타로 일하며 별의별 일을 다 겪었다. 이 정도는 아무것도 아니다, 라고 약간은 웃으며 대답했고 사실 그건 진심이었다.

지난 15년간 바리스타 일을 하며 셀 수 없을 만큼 많은 기이한 손님들을 만났다. 당연히 그중엔 치한도 있었고, 강력사건도 몇 번이고 터졌다. 산전수전공중전까진 아니더라도 이 정도 일로 포기하는 건 나름 경력에 먹칠하는 일 같아, 질 수 없었다. 오히려 더 열심히, 어디 한 번 해보자는 마음이 들었달까. 하지만 생각해 보면 이건 계시였다. 이날의 일로 추석 연휴, 카페 홈즈를 혼자 보는 일을 포기했다면, 아니면 토요일에 다시 한 번 그 고로케 가게에 눈길을 주기만 했다면, 추석 연휴에 우비 남자를 다시 만날 일도, 뜻밖의 제안으로 고민하는 일도 없었을 테니까.

월요일 출근 길, 무언가 잘못되었다는 것을 느꼈다. 평소와 마찬가지로 망원시장을 통과해 카페 홈즈로 향하다가 40대 사장의 고로케 가게가 닫힌 걸 발견했다. 나는 휴가 중이겠거니 생각하며 반대편 고로케 가게에서 요깃거리가 될 만한 고로케를 네 개 고르고 오천 원짜리 지폐 한 장을 내밀었다.

"추석 때 안 쉬세요?"

인사치레로 말을 붙였다.

내 또래 여자였던 판매원은 언젠가부터 우리 엄마 또래의 60대 여자로 바뀌었다.

"쉬어야지."

아줌마는 재빠른 손으로 고로케를 종이봉투에 담으며 대답했다.

"반대편 가게는 벌써부터 쉬나 보던데요."

"아 거기. 망했어."

고로케를 주며 느긋하게 아줌마가 말하는 것과 거의 동시에, 안쪽에서 할아버지의 호통이 터졌다. 늦은 시각에 가면 떨이라며 옆구리 터진 고로케를 몇 개고 주던 할아버지가 오늘따라 노여움이 가득한 표정으로 아줌마를 노려보았다. 나도, 아줌마도 살짝 놀라 얼굴이 굳어 그 이상 대화를 잇지 않았다. 아무래도 아줌마를 곤란하게 한 건 아닌가 싶어 어설프게 웃으며 "추석 잘 쇠세요"라고 말한 후, 야채 고로케를 한 입 우물우물 씹으며 카페 홈즈로 향했다.

갑작스레 가게가 망하다니, 그런 일도 있나?

조금만 더 생각해 보니 그건 아닐 것 같았다. 오늘로 달이 바뀌어 10월 2일이다. 아마도 반대편 고로케 가게는 지난달까지 영업을 한 후, 그만둔 것이리라. 다른 가게가 들어오는 거겠지. 그렇게 따진다면 지난 주 금요일, 우비 남자와 40대 사장 남자가 나눈 묘한 대화의 의문점도 풀렸다. 그건 분명 가게 이전을 두고 토론하는 것이었으리라. 그 때문에 내가 줄을 서 있는데도 신경 쓰지 않았겠지. 생각해보면 망한다는 건 말이 안 된다. 그 가게는 백화점에도 입점했다고 플래카드를 커다랗게 걸지 않았던가. 하지만 우비 남자의 존재는 그런 나의 긍정적인 사고방식에 자꾸만 찬물을 끼얹었다.

작년, 예상치 못한 큰 문학상을 받고 시상식을 비롯해 책 출간과 관련된 일을 여러 가지 겪었다. 호사다마라고 하던가, 좋은 일이 생기자 나쁜 일도 생겼다. 건강에 문제가 왔다. 태어나서 처음 큰 수술을 받았다. 쌍꺼풀 수술이라든가 맹장수술 같은 수술이 아니라, 백내장 수술이었다.

원래 가족력이 있긴 했다. 어렸을 때부터 스트레스에 취약했다. 면역체계에 문제가 많아서 스트레스를 받으면 몸이 아프긴 했고, 주치의는 자주 눈 건강을 조심해라, 나이가 들면 백내장과 녹내장이 올 수 있다고 경고를 해줬다.

하지만 설마 이 나이에 백내장이 올 줄은 몰랐다. 시상식과 연이은 수술 후, 쌓인 스트레스는 쉽게 풀리지 않았다. 태어나서 처음 귀신을 봤고, 치한도 연거푸 만나면서 불면증과 환청, 이명 같은 증세가 반복되자 결국 난 제 발로 병원을 찾아가 헬프 미를 외쳤다.

십 년 만에 만난 정신의학과 주치의는 처음엔 불면증 치료만 진행하다가, 말 그대로 마가 낀 것처럼 꾸준히 치한을 만나고 기이한 소동에 시달리며 스트레스가 쌓인 상태가 호전되지 않자 PTSD 치료를 권했다. 과도하게 쌓인 스트레스를 억지로라도 몸이 날려버리도록 뇌에 세로토닌을 분비하는 약을 처방받았다.

이런 내게 카페 홈즈는 딱 알맞은 장소였다. 조용히 있을 수 있고, 자신의 일에 집중할 수 있고, 손님들과는 언제나 적당한 거리를 두고 이야기를 나눌 수 있다는 것, 그것만큼 나를 안정시키는 것은 없었다. 그럼에도 불구하고 지난 금요일엔 우비 남자 탓에 그간의 스트레스가 한 번 폭발했던 것이리라, 라고 자기 합리화를 거듭하고 있었다.

마지막 한 입 남은 고로케를 입속에 털어 넣은 후 카페 홈즈의 갈색 철문을 열었다. 가볍게 뛰듯 계단을 올라가 유리

문을 연 후, 금요일과 토요일, 양일에 걸쳐 연습한 그대로 조명을 켜고 음악을 틀며 장사를 준비했다. 널따란 카페의 카운터 너머에 서서 어디에 무엇이 있는가 구석구석을 살피고 점검하는 사이, 자연스럽게 미소가 났다. 방금 전까지 느끼던 약간의 공포와 혼란은 어디론가 사라지고 없었다.

에스프레소를 한 잔 내리며 오늘의 커피 맛을 점검했다. 평소보다 살짝 밍밍한 느낌이 났다. 원두가루의 굵기를 아주 조금 더 가늘게 하거나, 템핑을 힘차게 해야 할 듯했다. 머릿속으로 다음 에스프레소를 어떻게 내릴지 생각하며 철제 드리퍼를 비울 무렵, 현관문이 열렸다.

나는 으레 짓는 웃음으로 손님을 맞다가 그대로 얼굴이 굳고 말았다. 가까스로 잊고 있었던 그 남자, 냉기를 풍기는 우비 남자가 문 앞에 서 있었다. 비가 뚝뚝 떨어지는 우비에 장화를 신은 우비 남자가 젖은 몸을 이끌고 안으로 들어왔다.

"영업합니까?"

갑자기 가슴이 두근거렸다. 호흡도 거칠어졌다. 인간이란 단순해서, 그게 내 단순한 착각이었다고 아무리 생각하려고 해도 같은 조건이 주어지면 공포는 반복되기 마련이다.

남자는 내 대꾸를 기다리지 않고 그 자리에서 우비와 장화를 벗었다. 남자는 우비 안에 검은 양복에 붉은 넥타이를 매고 있었다. 뜻밖에도 깔끔한 차림새가 어딘가의 영업사원인가 싶은 분위기를 풍겼다. 그런데 희한하게도, 장화를 벗은 발은 맨발이었다.

"맨발이면 곤란합니까?"

내 태도가 이상해 보였을 것이다. 아무 말도 안 하고 양손으로 철제 드리퍼를 꽉 쥔 채 자신을 노려보고만 있으니. 하지만 남자는 그런 날 신경 쓰지 않았다. 대답도 하지 않았는데 신발을 벗고 카운터의 스툴에 앉았다.

"예전엔 다 맨발로 다녔죠. 아스팔트가 문제라니까."

그렇게 말하며 남자가 살짝 웃어 보였다. 희한하게도 그 말에 내 호흡 역시 약간 정상으로 돌아왔다. 남자가 무섭게 보였던 것은 어디까지나 저 칙칙한 우비와 장화 탓이다, 지금 눈앞의 남자는 흔히 볼 수 있는 회사원이 아니냐고 뇌와 가슴이 날 설득하고 있었다.

남자는 에스프레소 도피오를 시켰다. 나는 그 말에 원두를 글라인더에 넣고, 적당한 굵기로 갈아졌는지 확인한 후 에스프레소를 추출했다. 에스프레소 도피오는 2구짜리 철제 드리퍼로 내린 두 잔 분량의 에스프레소를 말한다. 크레마를 바로 느낄 수 있도록, 에스프레소 도피오 전용 잔에 바로 에스프레소를 내려야 한다. 이때 커피 줄기에 따라 맛이 달라진다. 또, 그 양에 따라서도. 나는 리스트레또라고 해서, 일반적인 에스프레소와 다르게 반 정도 양으로 에스프레소를 추출하는 것을 선호한다. 그편이 고소한 맛을 즐길 수 있기 때문이다. 나는 남자에게 이런 사실을 이야기하며 리스트레또를 권했고, 남자는 흔쾌히 그러라고 했다.

마음에 드는 크레마가 에스프레소 도피오 잔으로 퍼지는 순간은 언제나 즐겁다. 그걸 손님에게 낼 때는 더더욱 그러하다. 특히 에스프레소를 마시는 손님에겐 기대가 많다. 손님이 단번에 에스프레소를 입에 털었으면 좋겠다, 마지막엔 각설탕 하나를 혀에서 굴려 녹여 먹었으면 좋겠다, 그러고는 내게 "맛있어요!"라고 말했으면 좋겠다, 같은 막연한 기대를 하는 것이다. 하지만 우비 남자는 내 기대를 완전히 무너뜨렸다. 크레마가 무너지고 있건만, 에스프레소가 식고 있건만, 잔에 손도 대지 않았다. 팔짱을 끼고 눈을 감은 채 가만히 있다가 다시 눈을 뜨더니, 여전히 에스프레소는 무시한 채 내게 말을 붙여왔다.

"사장님은 상상해 본 적 있습니까?"

사장이 아니라고 정정해주려다가 참았다.

"무엇을요?"

"당신이 살지 않았을 삶."

시답잖은 농담을 하자는 건가. 나는 그런 소리 말고 에스프레소나 식기 전에 후딱 마시라고 하고 싶었다.

참았다.

지난 한 시간 동안 아무도 가게에 들어오지 않았다. 이대로 계속 손님이 없다면 추석 연휴에 가게를 연 보람이 없는 게 아닌가, 지금이라도 사장님에게 연락해서 당장 문을 닫고 집에 가서 쉬겠다고 말해야 하는 것은 아닌가 고민하며, 나는 한 명뿐인 손님을 재평가하기 시작했다.

남자를 처음 봤을 때 느꼈던 공포는 완전히 사그라졌다. 대체 왜 그런 기분을 느꼈나 의아할 정도로 남자는 평범했다. 정확히 말하자면 평범보다는, 능력 있는 영업사원 같은 분위기였다. 예를 들어 보험이라든가, 핸드폰, 제약회사 영업직원 같은 분위기랄까. 그래서 더더욱 나는 이 한 명밖에 없는 손님을 놓치고 싶지 않았다. 이런 손님을 단골로 잘 잡아두면 동료를 데리고 올 가능성이 높으니까. 그렇다면 카페 홈즈의 매상은 꾸준히 유지될 것이다.

"당연히 하죠."

나는 가장 평범할 듯한 답을 골랐다.

"누가 안 해보겠어요, 그런 생각."

"그 삶을 누군가 준다면 어떻게 하겠습니까?"

"무슨 스티븐 킹 소설에 나오는 이야기 같네요."

"호오, 소설에 그런 이야기가 나옵니까?"

"저도 가물가물하긴 한데 아마 악마랑 이야기를 해서 목숨을 연장하는 이야기였던가? 그럴 거예요."

"그 소설은 어땠습니까?"

"목숨이 연장되고, 행복해졌죠. 대가를 치러야 하긴 했지만."

"대가는 뭐였죠?"

"스포일러는 하지 않아요. 뒷이야기가 궁금하시다면 황금가지에서 나온 《별도 없는 한밤에》를 보세요."

남자는 내 말에 웃음을 터뜨렸다.

"탁월한 세일즈로군요. 꼭 보겠습니다."

"우리나라 독서 인구는 끔찍하게 적거든요. 저라도 팔아야죠."

"그런데 그 이야기는 조금 이상한 부분이 있군요."

"어떤 부분이 이상하죠?"

"인간이 대가를 치른다는 이야기 말입니다."

"그건 당연한 거 아닌가요? 단테 이후 모든 인간은 악마와 거래할 때마다 영혼을 대가로 치르잖아요?"

나는 최근에 출간했던 소설 《타락할래!》를 떠올리며 이야기했다. 나 역시 그런 가정하에 소설을 썼었다.

"아니죠. 인간이 대가를 받아야죠. 악마는 인간에게 전혀 다른 삶을 살게 한 겁니다. 한 번 산 것만으로 충분한 삶을 두 번이나 살게 하다니, 세상에나! 그건 말도 안 되는 일이죠. 내가 파우스트였다면 대가로 악마의 영혼을 달라고 했을 겁니다."

남자의 말에, 문뜩 그런 생각이 들었다.

어쩌면 이 남자도 작가일지도 모르겠다. 혹은 작가 지망생일 수도.

평소 글을 쓰다 보면 이런 식의 이야기를 나눌 상대가 절실할 때가 있다. 최근엔 카페 홈즈 사장이 그 상대가 되어주었다. 무언가 글을 쓰다가 막히거나, 내가 쓴 글이 그럴듯해 보일 때 나는 신이 나서 사장에게 내가 쓰고 있는 소설의 이야기를 떠벌리는 것이다. 그러고 나서 그 반응이 그럴 듯하면 좀 더 써보고, 아니면 고심을 거듭하며 나는 내 글을 전개해 나갔다. 남자도 그런 상황일지도 모른다. 현재 쓰고 있는 소설의 줄거리를 내게 술술 털어놓고 싶어진 것일 수도. 생각해 보면 어렸을 때 텔레비전에서 본 '인생극장'이 이런 유였던 것 같다. 남자는 그런 유의 소설이나 시나리오, 혹은 만화 같은 것을 쓰고 있는 것은 아닐까?

"하지만 인간이 악마의 영혼을 받는다고 해서 그걸 어디에 써먹을 수 있을까요. 저라면 그런 건 별로 받고 싶지 않을 것 같은데요."

"예를 들자면 그렇다는 거죠."

"그렇군요."

"아, 이건 어떨까요. 당신이 다른 인생을 사는 대가로 평생을 윤택하게 살 수 있을 돈을 지불한다면? 대략 연봉 오천 정도를 나눠서 매달 받는다면, 괜찮은 조건 아닙니까?"

"보너스 포함된 금액입니까?"

"네, 포함된 금액입니다."

나는 살짝 마음이 동했다. 이게 남자의 소설이라고 하더라도 이건 정말 좋은 조건이다. 보너스가 별도라면 더 끝내

줬겠으나, 죽을 때까지 단지 숨을 쉬는 것만으로 연봉 오천을 준다니, 만약 내게 그런 일이 생긴다면 아무것도 안 하고 놀기만 하는 편을 택하겠다. 사시사철 여행을 다니고, 연애도 맘껏 하고, 술도 퍼마시고, 그런다면 PTSD가 뭐냐, 스트레스 같은 거 받지 않고 살 수 있을 것이다.

"어때요, 내 거래를 받아들이겠습니까?"

나는 머릿속에서 크루즈를 타고 세계일주를 하다가, 남자의 말에 현실로 돌아왔다. 대답을 미루고 남자를 꼼꼼히 살폈다. 녹색 스툴에 앉은 남자는 묘했다. 어찌 본다면 잘생겨 보였으나, 또 다르게 보면 못생겨 보였다. 또 다른 각도로 보면 남자가 아니라 여자처럼도 보였고, 어느 순간엔 어린애 같았다가 또 다음엔 흰 머리 성성한 노인이 앉아 있는 것도 같았다. 물론 그건 다 내 기분 탓일 것이다. 처음 남자를 우연히 고로케 가게 앞에서 봤을 때 느꼈던 냉기처럼 말이다. 그리고 그날 밤, 카페 홈즈를 나서며 느꼈던 한기. 당시의 일을 떠올리자 다시 한 번 온몸에 소름이 돋으며 머릿속에 자연스레 의문이 떠올랐다.

"왜 내게 그런 제안을 하죠?"

"당신이 누구보다 절실해 보였으니까."

"어째서죠?"

"절실하지 않았다면, 당신이 카페 홈즈의 임시 사장을 맡지 않았을 테니깐요."

나는 남자의 말에 속으로 적잖이 당황했다. 남자가 내가 임시 사장이란 사실을 알고 있었기에, 또 속마음도 알고 있었기에.

사실이었다. 최근 들어 나는 삶의 회의를 많이 느끼고 있었다. 그때 내가 회사를 그만두지 않았다면, 작가가 되는 것을 포기했다면, 나는 지금쯤 평범한 전업주부가 되지 않았을까. 만약 그때 내가 회사를 그만두지 않았다면 매일매일 떨어지는 통장 잔고를 걱정하며 살지 않았겠지, 꾸준히 진급해서 적당히 저축도 하고 결혼도 하고 애를 낳아 약간은 지루하지만 흔한 인생을 살지 않았을까, 같은 생각을 요즘 들어 자주 하고 있었다.

"나는 모든 거래에는 조건이 있다고 생각해요. 대신 당신이 얻는 건 뭐죠?"

"당신 영혼."

"역시 그겁니까?"

"……이라고는 말하지 않는다니까요. 대신 나는 당신 인생을 받겠습니다."

"내 인생?"

"그래요. 당신이 지금 살고 있는 인생 말입니다."

남자의 대답에 나는 말문이 막혔다. 지금 내가 살고 있는 인생을 팔고 다른 인생을 산다. 어쩐지 한 번쯤 해보고 싶은 일이 아닌가.

"어떻게 그런 일이 가능하죠?"

"얼굴을 바꾸는 겁니다."

"얼굴을 바꿔요?"

"네, 당신의 얼굴을 '대여'하는 겁니다. 예전에 많던 비디오 가게 있었죠. 일 박 이 일 빌리면 얼마, 이런 식으로 말입니다. 당신은 그 얼굴 대신 다른 얼굴을 렌탈해 사는 겁니다. 더불어 그 사람의 삶 역시."

나는 남자의 말을 단번에 이해할 수 없었다. 내 얼굴 대신 다른 얼굴을 받는다? 그 얼굴을 갖고 산다? 그렇다는 말은,

"그 사이, 누군가 나로 살아간다는 이야기입니까?"

"이해가 빠르시군요."

남자는 웃었다.

"누가, 나로 살아가는데요?"

"그건 알려드릴 수 없습니다. 알려드리지 않는 조건으로 연봉 오천인 겁니다."

"매일 다른 얼굴로 살아야 하나요?"

"싫으십니까?"

"당연하잖아요. 이 삶을 완전히 포기하는 건 못 참는다고요."

"그렇다면 흠, 연휴에만 바꾸는 건 어떻습니까?

"연휴요?"

"지금 당신이 카페 홈즈를 임시로 맡아 영업하는 것처럼, 연휴에만 다른 사람으로 살아가는 겁니다. 연휴가 끝나고 나면 본래의 삶으로 돌아오는 거죠."

"그 대가로 연봉 오천을 준다."

"보너스는 없지만."

나도 모르게 고민에 빠졌다. 이건 정말이지 나쁘지 않은 조건이었다. 고작 연휴 동안 다른 삶을 살 수 있다면 그건 그것대로 재밌지 않겠는가.

나는 소설을 쓴다. 기이한 이야기를 겪고 그 이야기를 하나의 소설로 적어낸다면, 그것만으로도 내겐 이득이다. 그런 마음으로 카페 홈즈에서 일하고 싶다고 생각한 것도 있지 않았던가. 뭣보다 지금 내가 받고 있는 PTSD 치료에 도움이 될 것도 같았다. 전혀 다른 삶을 산다면, 좀 더 빨리 마음의 안정을 찾을 수 있지 않을까.

모두 내 마음에 드는 조건뿐이었다. 하지만 바로 그 점이 마음에 걸렸다. 39년을 살며 수많은 사람을 만났다. 여러 조건의 일을 해오다 보니 깨달았다. 지나치게 좋은 조건의 일에는 언제나 위험 요소가 따른다. 나는 그런 일을 겪었기에 지금 PTSD 치료를 받게 되지 않았던가. 또, 남자는 여전히 커피도 마시지 않고 있었고.

15년간 바리스타로 일해 온 내 커피를 감히 거부하다니, 나는 그 점이 마음에 들지 않았다. 그래서 남자의 말에 "생각해 볼게요"라고 대답하고는 남자를 되돌려 보낸 것이다.

다음 날, 남자는 또 문을 열자마자 나타났다. 마찬가지로 커피를 시키고 말했다. 결정하셨습니까. 아주 단순한 말이었으나 깊은 무게가 실려 있었다. 나는 그 말에 또 생각해 보겠다는 말로 대답을 미뤘다. 남자는 이날도 내가 만든 커피를 마시지 않고 돌아갔다. 다음 날도 마찬가지였다. 남자는 에스프레소 도피오를 시키고 내게 결정하셨습니까 하고 물었고, 나는 남자가 내가 만든 커피를 마시지 않는 게 상당히 마음에 들지 않았기에, 이번엔 대꾸조차 하지 않았다. 남자가 그런 내 태도를 어떻게 해석했는지 알 수 없었으나, 이날도 얌전히 돌아갔다.

내가 마지막으로 카페 홈즈의 임시 사장을 맡는 나흘째 되던 날에도 남자는 어김없이 첫 손님으로 나타났고, 나는 커피를 냈고, 남자는 결정하셨느냐고 물었고, 나는 무시했다. 다른 날과 다른 점이 있다면, 이날 남자는 바로 카페를 뜨지 않았다는 사실이다.

남자는 세 시간에 한 번씩 마시지도 않을 에스프레소 도피오를 시켰다. 나는 그때마다 남자에게 커피를 냈고, 남자는 질리지도 않는지 같은 말을 반복했다. 열한 시 오 분, 결정하셨습니까, 두 시 오 분, 결정하셨습니까, 다섯 시 오 분, 결정하셨습니까를 지나 마침내 여덟 시 오 분이 되었을 때, 나는 남자가 먼저 말하기 전 잔을 소리 나게 내려놓으며 소리쳤다.

"마셔요!"

남자는 그 말에 미동도 하지 않고 내게 말했다.

"결정하셨습니까?"

"그걸 마시면, 결정하겠어요!"

그 말에 남자는 정말이지 난감한 표정을 지으며 팔짱을 끼더니 그 어떤 때보다 깊은 한숨을 쉬었다. 더불어 나는 다시 온몸이 차가워지는 기분을 느꼈다. 처음 남자를 볼 때 느낀 바로 그 냉기가 지금 날 덮치고 있었다.

"나는 먹을 수 없습니다."

"왜 먹을 수 없죠?"

"말할 수 없습니다."

그 말에 나는 처음 남자를 만났던 순간을 떠올렸다. 고로케 가게 앞에 서 있었던 남자. 고로케는 사지 않고 40대 사장과 뭔가 대화를 나눴던 남자.

"나 당신, 봤어요. 지난 주 금요일 밤에."

그때 남자가 했던 이야기는 어쩌면, 지금 이 순간 내게 한 것과 같은 이야기가 아니었을까.

고로케 가게 사장은 이 남자의 조건을 받아들였기에 어디론가 사라진 것은 아닐까. 타인의 얼굴을 쓰고 연봉 오천의 인생을 살고 있는 것은 아닐까.

"당신, 고로케 가게 앞에 서 있었죠."

그 삶은 고로케 가게를 닫게 하고 남을 만큼 큰 변화였을 것이다.

“고로케 가게는 어떻게 된 거죠?”

다시 가슴이 두근거리기 시작했다.

“그 사람은 지금 어디서 무엇을 하고 있죠?”

“아, 그 사람.”

내 말에 남자는 웃었다. 고개를 살짝 숙였다. 깊게 머리를 숙인 것도 아닌데 남자의 얼굴이 흐릿해졌다. 제대로 보이지 않았다. 나는 머리를 살짝 숙였다. 남자의 얼굴을 봐야 할 것 같아서, 그 얼굴을 확인해야만 할 것 같아 카운터 아래쪽으로 남자를 올려다봤다가 남자와 눈이 마주쳤다.

“이 얼굴을 말씀하시는 거죠?”

그 얼굴은 고로케 사장의 얼굴이었다.

“이 사람은 지금 다른 얼굴로 연휴를 보내고 있습니다. 태어나서 처음, 고로케가 없는 곳에서 행복하게.”

그 말과 달리 고로케 사장의 얼굴은 어둡기 짝이 없었다. 비명을 지를 듯 눈썹을 찌푸리고, 입을 크게 벌린 채 입모양으로 뭔가 말하고 있었다. 나는 그 입모양을 읽으려 노력했다.

여.

기.

서.

꺼.

내.

줘.

히이익.

나는 비명을 지르며 몸을 일으켰다. 그 바람에 내 손이 남자의 앞에 있던 에스프레소 도피오 잔을 건드렸다. 도피오 잔이 엎어지면서 고로케 사장의 얼굴에 커피가 튀었다. 그 입에도 몇 방울 튄 것 같았다. 고로케 사장의 얼굴이 일그러지는가 하더니 기이한 소리를 냈다. 찰싹찰싹, 무언가 물방울을 튕기는 것만 같은, 끊임없이 수면을 발길질해대는 백조의 몸부림 같은 소리였다.

나는 엄청난 호흡곤란을 일으키며 그대로 쓰러지고 말았다.

정신을 차렸을 때, 남자는 사라지고 없었다. 대신 남은 것은 남자의 우비와 장화뿐이었다. 어느덧 열 시, 문 닫을 시간이었다. 나는 영문을 모르겠다는 기분으로 일단 카페 홈즈를 나섰다. 아마도 모든 건 꿈이었으리라 생각하며 철문을 닫고 횡단보도를 건넜다. 그리고 나는 발견했다. 망했다던 고로케 가게를. 게다가 40대 사장은 평소와 달리 환하게 웃으며 고로케를 팔고 있었다. 이렇게 기쁠 수가 없다는 표정을 지으며.

나는 고로케 가게로 다가갔다.

"단호박 고로케 두 개 주세요."

"네, 고로케 두 개 나갑니다!"

40대 사장은 여전히 활짝 웃으며 고로케 두 개를 내밀었다. 나는 고로케 두 개를 받고 천 원짜리를 건네며 애써 아무렇지 않은 척하며 물었다.

"며칠 문 닫으셨던데, 어디 다녀오셨어요?"

그 말에 40대 사장의 표정이 살짝 굳는가 싶더니 다시 펴졌다. 그러더니 말했다.

"원양어선을 타고 왔습니다. 급전이 필요해서."

그러고는 한바탕 웃음을 터뜨리는 것이었다. 나는 그 말에 함께 웃을 수밖에 없었다. 단호박 고로케를 한 입 우물거리며 그 자리를 떴다. 고로케는 여전히 맛있었지만, 40대 사장의 기묘한 말은 머릿속에서 떠나지 않았다.

그 얼굴은 뭐였을까.

어쩌면, 누구도 얼굴을 대여하지 않는다면, 연휴 내내 우비 남자의 안에 갇혀야 하는 건 아닐까.

저 남자는 나와 달리 연휴 동안 얼굴을 파는 일을 허락했을지도 모른다, 하지만 남자의 얼굴을 대여하려는 사람은 없었다. 그 때문에 남자는 우비 사내의 안에 갇혀 있었다. 오늘, 본래는 원양어선을 타는 누군가 남자의 얼굴로 고로케를 팔고 싶다고 말할 때까지.

진짜 남자는 지금쯤 다른 얼굴로 원양어선을 타고 있을까.

물론, 이 모든 건 추리에 미치지 못하는 수준의 억측일 뿐이다. 하지만 나는 신경이 쓰였다. '전혀 다른 사람이 된 듯한' 고로케 파는 사내의 얼굴이.

다음 날, 임시 사장이 아닌 손님의 입장으로 카페 홈즈를 찾았다.

"별일 없었어요?"

나는 사장에게 물었다. 문을 열자마자 오는 우비 남자. 그 남자는 오늘도 문을 열자마자 왔을까.

"혹시 우비에 장화를 신은 남자가 오지 않았나요?"

"그런 사람은 없었는데요."

사장은 고개를 갸웃거렸다.

나는 우비와 장화를 놓았던 현관 주변을 흘깃거렸다. 어젯밤 남자의 우비와 장화를 카페 홈즈의 한쪽 구석, 〈셜록 : 유령신부〉 포스터 앞에 놓인 옷걸이에 걸어두고, 장화는 그 아래에 놓고 갔었건만, 그게 사라지고 없었다.

"사장님, 혹시 저곳에 우비랑 장화가 놓여 있지 않았나요?"

"손님, 전에 우비랑 장화 놓고 가셨나요? 그러고 보니 오늘 비가 온다고 했던 것도 같고."

역시 없어진 건가.

나는 가슴이 두근거렸다.

왠지 상상해버렸다. 간밤, 불이 꺼진 카페 홈즈를 찾아온 양복 차림의 맨발 남자를, 맨발 남자가 장화를 신고, 우비를 입은 채 사라지는 모습을.

그 이야기를 사장님께 해도 될까.

고민하는 사이, 사장이 내게 물었다.

"그런데 손님, 저희 가게 자주 오시는 분이신가요? 얼굴이 낯선데…… 혹시 지난 가게 단골이셨나요?"

무슨 소릴 하는 건가, 마치 처음 보는 사이를 대하듯.

나는 살짝 어이없는 표정을 짓다가 내 손에 들린 지갑을 보고 이질감을 느꼈다. 그건 내 지갑이 아니었다. 내겐 이런 구찌 로고가 빽빽이 새겨진 장지갑이 없다.

나는 급히 화장실에 들어가 내 얼굴을 확인했다.

거울 속에서 난생 처음 보는 여자가 놀란 표정으로 날 마주보았다. 아마도, 옛날 카페 홈즈의 단골일 여자.

연휴가 끝날 때까지 나는 이 여자의 얼굴로 살았다. 카페 홈즈에 가서야 내 얼굴이 바뀐 걸 안 이후, 나는 저절로 이 여자가 됐다. 이 여자는 내가 원하던 평범한 삶을 살고 있었다. 아이가 둘 있고 남편이 있는, 직장인이면서 더불어 긴 연휴를 즐기고 있는 그런 여자.

나는 여자의 삶을 잠시 살며 생각했다. 내가 이 여자의 삶을 사는 동안 이 여자는 내 삶을 살고 있을까? 그렇다면 이 여자는 무엇을 하고 있을까.

호기심이 생긴 나는 내 이름으로 검색을 해서 블로그에 들어갔다가, 새로운 소설을 추석기념으로 올려놓은 걸 발견했다. 그 소설의 제목은 〈우비 남자〉였다.

*

며칠 후, 내 얼굴은 원래대로 돌아왔다. 또 다른 내가 쓴 소설은 기념으로 남겨뒀다. 그 사이, 나는 이와 비슷한 이야기를 미야베 미유키의 소설 《피리술사》에서 발견했다. 이 책에 실린 단편을 통해 그제야 남자의 정체를 깨달았다. 또, 왜 남자가 늘 우비와 장화를 신고 돌아다녔는지 역시.

남자의 정체가 궁금하신 분들은 미야베 미유키의 소설 《피리술사》를 일독하시길 권한다. 시간이 여유롭다면 남자가 등장하는 또 다른 책 《흑백》을 함께 보는 것도 즐거우리라.

내가 정말
이걸 써도 될까?

최근 루리웹에서 코난 도일의 삶을 현대식으로 풀이한 번역물을 발견했다. 이 번역물의 논지를 한 줄로 말한다면, '코난 도일은 지금으로 따진다면 웹소설 적어서 문학을 하려고 했다가 너무 잘 적어서 인생 꼬였다'였다.

나 역시 이런 시도를 한 적이 있었다. 결과는 코난 도일과 정반대였지만 말이다.

망원동 카페 홈즈를 배경으로 한 단편을 적은 후 꽤나 자신감이 붙었다. 이후 나는 당시 심각하게 고민하던 아파트 층간소음 문제를 장편으로 쓰기로 마음먹는다. 어느 날 우연히 한 아파트로 이사를 온 후 기이한 경험을 반복하는 주인공의 이야기를 그리며 깊이 빠져들다 보니 점점 우울해졌다. 글이 안 써지기 시작하자 아무것도 하기 싫어졌다. 언젠가부터는 그렇게 좋아하던 카페 홈즈에 가는 것도 완전히 관둬버리고 집에 처박혔다.

다른 작가들은 어떤지 모르겠다. 나는 집에 처박혀 진지하게 글을 쓰다가 막혀버리면 가장 먼저 통장 잔고부터 확인한다. 최근에도 그랬다가 큰 충격을 받았다. 그렇게 돈을 많이 쓴 것 같지도 않았는데 2020년 1월 초 통장 잔고를 확인해보니 자릿수가 바뀌어 90만 원대의 잔고밖에 남아 있지 않았다. 나는 크게 당황했다. 대체 내가 작년에 무슨 짓을 저지른 건가, 어디서 어떻게 돈을 써댄 건가 급격히 반성에 들어가서는 혈안이 돼 외부 연락을 끊고 글쓰기에 전념했다. 그러는 사이에도 통장잔고는 입금과 출금을 엎치락뒤치락하다가 결국 1만4242원이라는 믿고 싶지 않은 금액에 이르렀다.

이쯤 되자 진지하게 취직을 고민했다. 마침 집 근처 장례화환을 만드는 업체에서 주 6일 연봉 2200만 원 경리를 구한다는 공고를 보자마자 스크린샷을 떴다. 바로 친구에게 연락해 이러저러한데 취직을 하면 어떻겠느냐고 물었다. 다행히 친구는 나보다 제정신이었다. 바로 "헛소리 하지 말고 글이나 써라" 하고 잔소리를 해준 덕에 이를 악물고 다시 글쓰기에 전념할 수 있었다. 이후 몇 건이고 계약을 한 후 재정난에서는 무사히 빠져나왔지만 지금 생각해도 암담한 순간이었다.

2017년 12월부터 2018년 1월로 넘어가는 그때도 지금과 비슷했다. 세계문학상 수상으로 받은 상금 5천만 원이 정신을 차려보니 천만 원 남짓밖에 안 남아 있었다. 퍼뜩 정신이 들어 층간소음을 다룬 소설을 좀 더 열심히 써보려고 해봤으나 내용이 우울하다 보니 속도가 좀처럼 나지 않았다. 감정 상태는 나날이 바닥으로 떨어졌다. 그러다가 결국 한 일이 넷플릭스로 도피하는 것이었다.

우연히 미국드라마 〈덱스터〉를 보기 시작했다. 피 철철 목 뎅강 하는 선정성과 엽기성에 푹 빠져서는 헤어 나오지 못하다가 원작 소설까지 읽기에 이르렀다. 도서관에 가서 소설《덱스터》시리즈를 보이는 대로 빌렸다. 한 달 내내 그렇게 지내며 드문드문 통장 잔고가 떨어지는 것만 보다가 생각했다.

나도 덱스터 같은 걸 써보면 어떨까?

여기까진 좋았다. 문제는 이 다음 질문이었다.

내가 '정말' 이걸 써도 될까?

세계문학상 시상식날 기자회견이 열렸다. 참석한 기자들 중 누군가 나에게 물었다. "작가님 차기작은요?" 나는 당황했다. 이제 막 책을 냈으니 즐길 일만 생각하고 있었다. 당연히 차기작에 대한 고민은 전혀 없었다. 그래서 임기웅변으로 대처했다.

"세계의 문이란 소설로, 그림에 대한 이야기를 적을 겁니다."

사진에 대한 소설을 썼으니까 다음엔 그림, 상 이름이 세계문학상이니까 대충 세계의 문이라고 대답한 것에 불과했다.

그러고 일 년 후, 《파우스트》를 재해석한 장편소설 《타락할래! 천사와 악마의 따분한 나날들》을 전자책으로 출간하긴 했지만 이건 엄밀히 말하자면 차기작은 아니었다. 시기적으로는 《붉은 소파》보다 앞서 적은 소설이었다. 문제는 이 소설의 평가였다. 《타락할래! 천사와 악마의 따분한 나날들》은 영 팔리지 않았다. 전자책으로 출간했다고 해도 이렇게까지 안 팔릴 수 있나 믿기 힘든 수준이었다. 자연스레 시상식날 들었던 '차기작' 질문을 곱씹게 됐다. 어쩌면 그건 이런 상황에 대한 언질이었을지도 모른다. 그만큼 수상작가의 차기작은 중요하단 뜻이 아니었을까.

갑자기 어깨에 무거운 바위가 몇 개 올라간 기분이 들었다. 카페 홈즈를 배경으로 한 단편을 적은 후로도 이 기분은 가시지 않았다. 그런 상황에서 〈덱스터〉가 너무 재밌어서 이런 걸 쓰고 싶어졌다는 마음으로 소설을 적는다면, 그걸 출간하려 한다면, 또 망할 것 같았다. 그래서 나는 결심했다. 자신의 능력을 시험하기로. 무대를 바꿔 웹소설 연재에 도전해보기로 마음먹고 문피아에 가입해 소설을 올리기 시작했다.

몇 번이고 웹소설에 도전했지만 단 한 번도 잘되지 않았다. 남들은 몇 천만 원도 번다는데 나는 상금 말고 인세로 돈을 벌어본 일이 없었다. 이번에도 그럴 것 같았다. 그래서 눈 질끈 감고 쓰고 싶은 글을 마구 쓰기로 마음먹었다. 이렇게 적은 소설의 제목은 《헤밍웨이의 볼펜》이었다(후에 한 번 더 제목을 바꿨다. 바꾼 제목은 《볼펜으로 대박작가》). 어떤 남자가 우연히 헤밍웨이의 이름이 새겨진 볼펜을 얻은 후 기묘한 능력을 얻어 작가로 대성한다는 심플한 이야기였다.

지금 생각해봐도 참 이상하다. 덱스터를 보다가 덱스터 같은 걸 쓰겠다고 시작했는데 갑자기 무슨 헤밍웨이가 갑자기 튀어나왔는지. 게다가 쓰는 내용도 덱스터와 전혀 상관이 없었다. 그런데 연재를 하다 보니 이상한 일이 하나 더 늘어난다. 이 소설을 5회까지 올린 후, 몇 군데 에이전시에서 연락이 왔다. 정식으로 계약을 하자는 이야기였다. 일단 놀랐고, 다음으론 인정받았다는 생각에 기뻤다.

아, '정말' 써도 되는구나.

상을 받은 후 머릿속 어딘가 늘 의심이 있었다. 이제부터 내가 쓰는 소설은 상을 받았기 때문에 아무리 엉망진창으로 써도 잘 썼다고 포장될 것이라고, 제대로 된 평가를 받는 일이 없게 될 거라고 생각했다. 그런 상황에서 가명으로 쓴 소설이 칭찬을 받다니, 되는대로 마구 써도 인정을 받다니, 가명을 써서 콩쿠르 상을 두 번 받은 로맹 가리를 떠올릴 정도로 흥분했다.

이때 웹소설을 연재하며 받은 평가들, 덧글들을 떠올리면 늘 가슴이 설렌다. 그럼에도 불구하고, 완성 후 다시 읽어보니, 이건 정말이지 중2병 수준이었구나 싶어 인터넷은 물론 컴퓨터에서도 지워버렸지만 말이다.

보이지 않는 것으로 보여주기

셜록 홈즈는 《주홍색 연구》에서 처음 모습을 드러냈다. 하지만 셜록 홈즈 시리즈가 공전의 히트를 기록한 것은 그로부터 얼마의 시간이 흐른 뒤, 〈스트랜드 매거진〉에 〈보헤미안 스캔들〉부터 시작해 단편을 연달아 실은 후의 일이다.

매력적인 단편을 쓰는 일은 장편을 쓰는 일보다 녹록치 않다. 장편은 어느 정도 강약 조절이 가능하다. 독자가 이 한 권을 읽는 동안 느긋하게 이야기에 빠져들도록 이야기를 만들면 되기에 어찌 보자면 퍼즐을 맞추는 것과 비슷한 감각으로 이야기를 적어 내린다. 단편은 다르다. 단 5분, 길어도 10분 안에 독자를 빨아들여서 순식간에 한 편의 이야기를 읽게 만들어야 하기에 단어 하나하나에 공력을 기울인다. 문장의 연결에, 문단의 조합에 한참을 집중해 그렇게 이야기를 진행시켜야 한다. 셜록 홈즈의 첫 번째 단편 〈보헤미안 스캔들〉은 바로 이런 매력이 가득 차 있다.

'그 여자'. 이렇게 말하는 것만으로 〈보헤미안 스캔들〉의 아이린 애들러를 떠올린다면 그는 셜록 홈즈의 팬이라고 할 수 있을 것이다. 여기서 한 발짝 더 나아가 셜록 홈즈 시리즈의 최초의 단편 주인공이 바로 이 아이린 애들러라는 사실까지 안다면 그는 홈지언, 혹은 셜로키언으로 발돋움할 준비가 충분하다고 보아도 좋을 것이다.

이런 아이린 애들러는 셜록 홈즈를 전면에 내세운 영상물에서 빠지지 않고 등장한다. 셜록 홈즈의 히로인이라면 아이린 애들러밖에 없지! 라고 말하듯 말이다. 하지만 사실 아이린 애들러가 셜록 홈즈 시리즈에 등장한 것은 단 한 편, 〈보헤미안 스캔들〉뿐이다.

그런데 왜 그토록 많은 영상물에서 이 아이린 애들러를 이야기하는 것일까. 왜 모든 이들이 셜록 홈즈에서 칭송하듯, 아이린 애들러에게 '그 여자', 'a woman'이 아닌 'the woman'이란 경칭을 붙이는 것일까.

그건, 이 단편이 그만큼 매력적이기 때문이리라.

현대문학에서 나온 《주석 달린 셜록 홈즈 1》 33페이지에는 이런 인용문이 실려 있다. "나는 애드거 앨런 포 이후 가장 위대한 단편소설 작가가 등장했다는 것을 즉시 깨달았다." 코난 도일로부터 셜록 홈즈 시리즈 최초의 단편을 받은 편집장 그린호프 스미스가 한 말이라고 한다.

추리소설을 쓰는 이들이라면 다들 이런 단편을 쓰고 싶으리라. 한 번 읽으면 독자를 사로잡는, 말 그대로 확 잡아끌어당기는, 두고두고 사람들의 입에서 오르내리는 이야기 말이다. 하지만 그런 이야기를 쓰는 일은 쉽지 않다. 나 역시 《카페 홈즈에 가면?》에 실은 〈죽은 이의 자화상〉을 쓸 때 몇 번이고 눈앞이 컴컴해졌다.

카페 홈즈에 자주 드나들며 여러 작가님과 두서없이 대화를 나누다가, 카페 홈즈를 배경으로 한 앤설러지, 즉 여러 명의 작가들이 하나의 주제 혹은 소재로 글을 쓴 단편집이 나오면 좋겠다는 이야기를 했다. 정말 무언가를 하겠다는 의지까지는 없었다. 그보다는 막연한 희망에 가까웠다. 누군가 내가 말을 하면 도와주려고 하지 않을까, 그러면 참 좋겠다는 소심한 목소리였달까.

나는 가끔 이런다. 아무짝에 쓸모가 없을 것 같지만 그래도 혹시 모른다는 생각으로 누군가 의견을 물으면 최선을 다해 내가 알고 있는 것들, 누군가 해줬으면 좋겠는 것들을 이야기한다. 어떤 사람들은 이런 내 이야기에 귀를 기울여준다. 묵묵히 그대로 실천해 결과를 보인다. 결과물이 성공으로 이어지면 그저 기쁘다. 아아, 내가 저 사람의 삶에 아주 조금 좋은 영향을 끼쳤구나 싶달까. 그것이 실패로 이어지면 나는 소심해진다. 아아, 나는 아무짝에 쓸모가 없는 사람이구나 생각하고는 슬그머니 뒤로 물러난다.

카페 홈즈 앤설러지가 나오면 좋겠다는 이야기 역시 이런 식의 소심한 바람이었다. 된다면 좋겠다. 하지만 쓸데없이 나서서 실패한다면 사람들에게 민폐니까 그저 이야기나 해볼래 같은 기분이었달까. 한참 그렇게 카페 홈즈에서 작가님들을 뵐 때마다 쫑알거렸더니 출판계의 다이소로 통하는 정명섭 작가가 나섰다. 카페 홈즈에 나타나서는 여전히 한쪽 구석에 처박혀서 벽을 보며 "오늘 역시 한 글자도 못 썼어"라고 중얼거리는 내게 "카페 홈즈 앤설러지, 정말 할 거지?"라고 말한 것.

하겠다고 말했지만 큰 기대는 없었다. 수없이 많은 사람에게 다양한 기대를 해왔지만 모든 기대가 내가 바라는 방향으로 이뤄지는 일은 쉽게 일어나지 않았다. 언젠가부터 깨달았다. 내가 바라는 방향대로 무언가 일어나는 일, 상대가 나의 마음을 있는 그대로 받아들여주는 것도 일상의 작은 기적이라는 사실을. 그래서 처음부터 기대를 하지 않기로 했다. 기대를 하지 않으면 실망도 크지 않으니까. 실망하지 않는다면 누군가와 멀어질 일도 없을 테니까. 그런데 얼마 지나지 않아 정명섭 작가에게 연락이 왔다. '손안의 책' 출판사와 카페 홈즈 앤설러지를 계약하자는 이야기였다.

나는 이때 처음 알았다. 세상엔 기대를 저버리지 않는 사람도 있다는 사실을, 기대를 하지 않아도 기대 이상의 보답을 해주는 사람도 있다는 사실을.

정명섭 작가는 '손안의 책' 출판사와 앤설러지를 계약한 후로도 몇 건이고 앤설러지를 제안해줬고, 약속 장소는 어김없이 카페 홈즈였다. 나는 그때마다 감사해하며 계약을 했다. 문제는, 이후 생긴 일이었다. 계약을 하는 것까지는 좋았다. 그런데 또 써지질 않았다.

카페 홈즈가 배경인 단편은 잘 쓸 줄 알았다. 두 번이나 카페 홈즈를 배경으로 단편을 썼다. 하나는 서교동 카페 홈즈가 배경이었고, 다른 하나는 망원동 카페 홈즈였다(안 되면 카페 홈즈 앤설러지에 이 둘 중 하나를 낼 셈이었다). 그러니 아이디어가 샘솟지 않을까 싶었지만 역시나 무리였다. 또 어깨가 무거워지는가 싶더니 겁부터 났다. 나날이 "이래서야 되겠는가?"라는 마음이 커졌다. 생각이 깊어졌다. 특히 계약을 하고 납품 일자에 맞춰 단편을 보내야 할 때면 더욱 생각이 무거워져서 마음처럼 글이 써지지 않았다. 카페 홈즈라는 낯익은 장소를 배경으로 단편을 쓰는 일 역시 마찬가지였다.

그렇게 한참을 고민하다가 내가 한 일은 결국 잠수를 타는 것이었다. 그래봤자 남양주에 사니까, 마음만 먹으면 서울에 안 갈 수 있으니까, 그대로 전화를 끊고, SNS도 모두 잠그고 집에 처박혔다.

그래도 계속 안 써졌다. 아무리 써도 뭔가 이상하기만 했다. 카페 홈즈가 배경인데, 그렇게 매일 드나든 곳인데 왜 이럴까. 한참 의아해하며 끙끙거리다가 핸드폰을 켰다. 그랬더니 핸드폰에 그간 쌓인 문자 메시지며 카카오톡 메시지 등이 가득 차 있었다. 쌓인 메시지를 가만히 들여다보다가 카페 홈즈 사장님이 보낸 메시지를 발견했다. 어떻게 지내느냐, 별 일은 없느냐 걱정해주는 메시지에 눈물이 왈칵 쏟아졌다. 잘 지냅니다, 답장을 보내는데 영감이 떠올랐다.

그래, 꼭 카페 홈즈에서 이야기를 시작할 필요는 없잖아?

생각해 보니 셜록 홈즈 시리즈 최초의 단편 〈보헤미안 스캔들〉도 그랬다. 셜록 홈즈를 물 먹인 유일한 여자 아이린 애들러는 오페라 가수다. 하지만 이 소설에서 아이린 애들러는 단 한 번도 무대에 서는 모습을 보이지 않는다. 대체 이럴 거면 왜 오페라 가수로 설정한 건가 의아할 정도다. 하지만 단편을 들여다보자면 아이린 애들러의 행동거지에서 그녀가 오페라 가수일 때 어떤 모습일지 막연히 상상할 수 있다. 보이지 않는 것으로 보여주는 것, 그것이 이 단편을 통해 내가 배운 것이었다.

나도 그러기로 했다. 지금 이 상황, 카페 홈즈 사장님께 메시지가 연달아 온 상황에서 이야기를 전개하기로 했다. 그리고 카페 홈즈와 전혀 상관이 없는 이야기로, 대신 내 내면을 건드리는, 언젠가 반드시 쓰고야 말겠다고 생각한, 나의 경험이 담긴 이야기를 적어보기로.

그렇게 적은 단편 〈죽은 이의 자화상〉은 《카페 홈즈에 가면?》에 실렸다. 이 앤설러지는 꽤 반향을 얻어 2편 역시 기획되었다.

셜록 홈즈 죽이기

한 편의 소설이 성공할 때, 작가에겐 어떤 일이 생길까. 나는 아직 내 이름만 말해도 모든 사람이 알 정도의 베스트셀러 작가는 아니다. 하지만 그런 일이 생긴다면 어떨까, 정확히 말하면 그 후에 나는 어떻게 '살까' 가끔 상상하곤 한다. 본래 꿈이 돈 많은 백수다. 이런 내가 엄청난 베스트셀러를 낸다면 다 필요 없고, 놀 거다. 아무것도 안 쓰고 들어온 인세만으로 생활하며 집에서 놀고먹는 생활을 할 듯하다.

전업작가는 빛 좋은 개살구다. 글만 써서 먹고 살려면 직업이 있을 때보다 훨씬 부지런해져야 한다. 계약, 마감, 출간 후 북토크며 각종 홍보, 모두 내가 아니면 대신 해줄 사람이 없다. 특히 한 권의 책을 내고 나면 부산스럽기 짝이 없다. SNS에 출간소식과 각종 이벤트 등의 공지를 띄워야 하고, 북토크나 인터뷰 요청이 오면 재깍 나가야 한다. 그러다 정신을 차려보면 어느덧 다음 마감이다. 깜짝 놀라 원고를 써서 출판사에 보내고 나면 쳇바퀴처럼 다음 출간 일정이 시작된다.

이런 이야기를 하면 잘나가는구나 생각하겠지만 결코 그렇지 않다. 앞서 말했다시피 이건 모두 내가 베스트셀러 작가가 아니라서 그렇다. 한 권의 책으로 먹고 살기 힘드니까 여러 권의 책을 내느라 바쁜 거다.

셜록 홈즈 시리즈가 인기를 끌기 전까지 코난 도일도 사정은 비슷했던 듯하다. 당시 받은 인세는 《주홍색 연구》의 경우 25파운드, 요즘 돈으로 300만 원 정도였다. 그런 그가 셜록 홈즈로 인기를 끌기 시작한 후로 몸값이 나날이 높아진다. 단편 하나당 300만 원, 600만 원에서 시작한 셜록 홈즈 시리즈는 훗날 열두 편에 천 파운드, 요즘 돈으로 일억 원을 받기에 이른다. 처음 이 에피소드를 봤을 때는 그저 부럽기만 했다. 하지만 코난 도일의 속사정을 알고 나니 마음이 달라졌다. 문제의 인세 일억 원을 받기 직전까지 코난 도일은 엄청난 일정에 쫓겨야 했다. 〈스트랜드 매거진〉에 셜록 홈즈 시리즈를 연재하는 것과 동시에 세 권의 역사 장편소설을 집필한 것.

《홈즈가 보낸 편지》를 적으며 두고두고 후회했었다. 왜 하필 일제강점기를 배경으로 삼겠다고 나서서는 이 고생을 사서 하는 걸까 투덜대다 몇 번이고 원고를 쓰다가 덮으려 들었다. 역사를 이야기하는 일은, 근현대사를 건드리는 일은 위험하다. 정보가 너무 많다. 수정을 하다 보면 몰랐던 것들이 우후죽순 튀어나온다. 에이 대충 쓰지 뭐, 같은 마음으로 적었다가는 혼쭐이 난다. 정보화시대의 독자들은 적당히 넘어가는 법이 없다. 작가의 실수를 귀신같이 잡아내기에 출간 직전까지 끊임없이 수정을 반복한다. 첫 소설로 이런 경험을 한 후 나는 역사소설 하면 학을 뗐다(그래놓고 결국 한 편 더 쓰기는 했지만). 다시는 역사소설을 쓰지 않겠다고 결심했다.

코난 도일은 그러지 않았다. 《주홍색 연구》와 같은 해 펴낸 역사소설 《마이카 클라크》가 대중적인 인기를 얻은 후 〈스트랜드 매거진〉에 셜록 홈즈 시리즈를 연재하는 것과 동시에 세 권의 역사소설을 펴냈다. 각기 위그노교도의 박해, 워털루 전

쟁, 당시 도시 생활에 대한 이야기를 담았다니, 자료 조사만으로 얼마나 동분서주했을지 상상도 하고 싶지 않다. 코난 도일이 셜록 홈즈를 죽이고 싶다고 생각한 건 이 무렵의 일이다. 1891년, 코난 도일은 어머니에게 보낸 편지에서 셜록 홈즈를 완전히 끝내버리겠다고 이야기한다.

여러 권의 소설과 작법서를 읽다 보면 자주 비슷한 이야기를 접할 수 있다. 예를 들어, 스티븐 킹은 그의 작법서 《유혹하는 글쓰기》에서 소설 《캐리》의 주인공 캐리에게 아무리 해도 정을 줄 수 없었다고 밝혔다. 그 찝찝함은 소설을 완성한 후로도 계속되었다는데, 꼭 이런 소설이 공전의 히트를 치는 법이다.

단편을 쓸 때면 늘 찝찝한 기분이 든다. 쓰다 만다는 기분, 좀 더 깊이 들어가야 할 것 같은데 하고 아쉽달까. 무라카미 하루키 역시 그렇다고 한다. 그는 장편과 단편을 돌아가며 쓰는 일을 마라톤에 빗대어 이야기한 바 있다. 조금만 더, 조금만 더, 하며 쓰는 장편의 매력은 몇 번이고 포기하고 싶은 마라톤 풀코스를 대하는 마음가짐과 비슷하다고. 이렇듯 소설가들은 장편과 단편 사이에서 늘 아슬아슬한 양다리를 걸친다.

코난 도일 역시 그랬으리라. 3년 사이 스무 편이 넘는 단편을 적는 일은 녹록치 않았으리라. 한 편의 짧은 이야기를 적는 사이사이 장편을 적고 있노라면 대체 내가 무슨 영화를 누리겠다고 이렇게 사서 고생을 하는 걸까 하는 불쾌감이 먼저 치솟았을 것이나. 게다가 그 단편들 때문에 장편 집필에 불편을 겪는다면, 단편보다 훨씬 심혈을 기울인 장편에 대한 독자들의 반응이 뜨뜻미지근하다면 어떨까. (나라면 고민하지 않고 바로 잠수 탄다.)

1893년은 코난 도일의 가정사에 큰 문제가 생긴 해이기도 했다. 아내 루이즈가 결핵에 걸렸다. 이후 코난 도일은 아내의 병을 치료하려고 온천을 떠돈다. 그런 상황에서 단편을 쓰는 일은 더욱 녹록지 않았으리라. 그래서 결국 코난 도일은 1893년 12월 발표한 〈마지막 문제〉에서 결국 셜록 홈즈를 '살해'한다. 셜록 홈즈의 숙적 모리아티와 몸싸움 끝에 죽었다고 이야기한 것. 독자들은 이런 코난 도일의 사생활을 알지 못했다. 갑작스런 부고를 있는 그대로 받아들일 수 없어 격렬하게 반응했다. 〈스트랜드 매거진〉의 구독을 취소하고, 항의 편지를 보내고, 길에서 마주치면 멱살을 잡는 식으로 말이다. 다시 한 번 스티븐 킹의 경우를 빌어 말하자면, 이건 거의 《미저리》 수준의 일이었으리라.

보통 이 정도로 단호하게 셜록 홈즈를 살해했다면 다시는 이 이야기를 거들떠보지도 않을 것 같다. 하지만 살아가다 보면 아무리 단호하게 결심한 일이라도 결국 굽힐 수밖에 없는 때가 오기 마련이다. 생활고, 돈이 떨어지면 장사가 없다. 특히 가정이 있는 몸은 더더욱 그러하다. 코난 도일 역시 그랬다. 1901년 3월, 코난 도일은 제발로 〈스트랜드 매거진〉을 찾아가 셜록 홈즈가 등장하는 새로운 장편을 이야기한다. 그해 8월, 셜록 홈즈 시리즈의 가장 유명한 걸작 《배스커빌 가의 개》를 발표한 후, 1903년 《빈 집》을 통해 정식으로 셜록 홈즈의 귀환을 알린다.

시리즈의 광적인 붐이 식고 나면 가장 먼저 나타나는 것은 예나 지금이나 혹평이다. 돌아온 셜록 홈즈 시리즈는 예전보다 못하다는 평을 받는다. 심지어는 우연히 탄 나룻배의 뱃사공마저 코난 도일에게 대놓고 혹평을 했을 정도였다니, 셜록 홈즈 시리즈를 적는 내내 코난 도일의 스트레스가 얼마나 컸을지 나는 상상도 하고 싶지 않다.

하지만 한 번쯤, 이런 일을 겪어보고 싶다. 누군가 내가 쓴 소설을 보며 "그래서 그 사람 다시 살리면 안 됩니까?"

라고 말한다면, “속편 안 씁니까?”라고 집요하게 물어보면 상당히 기쁠 것 같다. 하지만 협박까지 하며 쓰라고 하면 그건 좀 무서울 것 같고요…….

닫는 말

이 에세이를 쓰지 않았다면, 나는 내가 추리소설가로 데뷔한 지 십 년이나 되었다는 사실을, 그리고 처음 시작이 셜록 홈즈였다는 사실을 깨닫지 못했을 것 같다. 산다는 게 늘 그렇다. 삶은 언제나 전혀 예상치 못한 일에서 시작된다. 그것이 무엇이었는가 깨닫는 데는 매번 상당한 시간이

걸린다.

지난 십 년은 셜록 홈스 덕분에 어떻게 살아갔다. 그렇다면 앞으로 돌아올 십 년의 추리소설가 인생은 또 어떤 식으로 흘러갈까. 아마도 그것 역시 십 년 후에나 깨닫게 될 테니, 지금은 현재 나에게 주어진 일에 집중하기로 마음먹는다.

십 년 전, 내가 그러했듯이.